사랑하는 하느님 이야기

Geschichten vom lieben Gott
Rainer Maria Rilke

사랑하는 하느님 이야기

라이너 마리아 릴케 지음 | 송영택 옮김

문예출판사

차례

하느님의 손에 대한 이야기

며칠 전 아침에 이웃 아주머니와 마주쳤다. 서로 인사를 나눴다.

잠시 후에 아주머니는 "가을이군요"라고 말하면서 하늘을 쳐다보았다.

나도 덩달아 하늘을 올려다보았다. 그날은 무척 청명하여 10월 아침으로는 드문 날씨였다. 문득 생각나는 일이 있었다. "정말 가을이군요"라고 말하고는, 나는 가볍게 두 손을 흔들어 보였다. 그러자 아주머니도 동감이라는 듯이 고개를 끄덕였다. 그러한 아주머니의 모습을 나는 잠시 지켜보았다. 붙임성 있고 건강해 보이는 아주머니의 얼굴이 귀엽게 위아래로 움직이고 있었다. 아주 명랑한 얼굴이었으나, 입언저리와 관자놀이 근처에 많지는 않지만 짙은 잔주름이 잡혀 있었다. 어째서 저런 것이 생겼을까

하고 생각한 순간, 나는 무심코 이렇게 묻고 말았다. "그래, 댁의 따님들은 잘 지냅니까?"

아주머니의 그 주름살은 한순간 사라졌으나, 이내 전보다 더 짙게 새겨졌다. "덕택에 건강하기는 합니다만……." 거기까지 말하고 아주머니는 걷기 시작했다. 실례가 되지 않도록 나도 아주머니의 왼쪽에 서서 나란히 걸어갔다. "아시다시피 그 애들은 지금 둘 다 하루 종일 묻기만 하는 나이지요. 정말 하루 종일 밤이 깊어가도 말이에요."

나는 우물거리며, "그런 시기가 있죠……" 하고 말했다.

그러나 아주머니는 내 말에는 전혀 개의치 않고, 말을 이어서 "그것도 말이에요, 이 마찻길은 어디로 가느냐, 별은 모두 몇 개나 되느냐, 만 개라는 것은 많다는 말보다 더 많은 것이냐, 하는 식의 질문이 아니에요. 전혀 다른 것을 물어요. 이를테면 하느님은 중국말을 할 수 있느냐, 하느님은 어떤 얼굴을 하고 있느냐, 하는 식으로 노상 하느님에 대한 것뿐이에요. 그런 것은 아무도 모르는 일이지요……."

나는 "물론 모르지요"라고 맞장구를 치고 말했다. "적당히 상상 정도는 할 수 있지만요……."

"그런가 하면 하느님의 손에 대해서 묻기도 하고, 도대체가……."

나는 아주머니의 눈을 들여다보면서, "실례입니다만……" 하고 아주 정중히 말했다. "지금 하느님의 손이라고 분명히 말씀하셨지요?"

아주머니는 고개를 끄덕였지만 아무래도 약간 놀라는 기색이었다.

"사실은" 하고 나는 황급히 말했다. "하느님의 손에 대해서라면 나도 약간은 알고 있습니다. 우연한 기회에……." 나는 아주머니의 눈이 휘둥그레지는 것을 보고 급히 말을 이었다. "아주 우연입니다. 언젠가 제가……." 거기까지 말하다가 나는 단정적으로 이렇게 말을 맺었다. "그럼 제가 알고 있는 것을 모두 들려드리지요. 별로 바쁘시지 않다면 댁까지 슬슬 모셔다드릴게요. 그동안이면 이야기는 끝날 테니까요."

"네, 그렇게 하시지요. 하지만 애들에게 직접 이야기해주시지 않겠어요?" 아주머니는 겨우 입을 열어 이렇게 말을 했지만 아직도 놀란 기색이었다.

"제가 직접 아이들에게 이야기를 한다고요? 아니, 아주머니, 그건 안 됩니다. 절대로 안 됩니다. 왜냐하면 아이들을 상대로 이야기를 하면 저는 금세 말이 막히기 때문입니다. 그 정도뿐이라면 별로 나쁠 것도 없습니다만, 틀림없이 아이들은 제 말이 막히는 것을 보고, 저 사람은 꺼림칙한 데가 있는 모양이다, 거짓말을 하고 있다, 이렇게 생각하겠지요……. 그런데 저에게서 가장 중요한 것은 이야기의 진실성이니까요. 아주머니가 나중에 아이들에게 다시 들려주시면 됩니다. 사실 또, 아주머니가 이야기하시는 편이 훨씬 효과가 있을 것입니다. 여러 가지 이야기의 내용을 서로 연결한다든가 잘 꾸며서. 나는 있는 그대로의 사실을 아주 짤막하게 전해드리기만 하겠습니다. 어떻습니까?"

"네, 좋습니다" 하고 아주머니는 맥이 풀려 대답했다.

나는 잠시 생각을 가다듬고 나서 "태초에……"라고 시작했다가 곧 말을 끊었다. "아주머니, 어린아이라면 일일이 말해주어야 하는 여러 가지 일도 아주머니는 물론 이미 알고 계시는 것으로 여겨도 좋겠지요. 이를테면 천지창조라든가……."

잠시 동안 대답이 없었다. 이윽고 "네, 좋습니다. 그래서 일곱 번째 되는 날에……"라고 대답하는 아주머니의 목소리는 높고 날카로웠다.

"잠깐만!" 하고 나는 말을 막았다. "오히려 여기서는 그 전의 날들을 생각해보기로 합시다. 중요한 것은 실은 그 사이의 일이니까요. 하느님은 아시다시피, 그 일을 시작하셨습니다. 땅을 만들고, 땅과 물을 분리하고, 빛이 있으라고 명령을 하셨습니다. 그리고 하느님은 아주 빨리 순식간에 사물을 창조하셨습니다. 물론 그것은 현존하는 위대한 실재적 사물입니다. 바위라든가 산이라든가 한 그루의 나무, 그리고 이것을 본보기로 하여 많은 나무를 만드셨습니다." 이렇게 말하는 동안에도 나는 아까부터 우리를 뒤따르고 있는 발소리를 듣고 있었다. 그것은 우리를 앞지르지도 않고, 또 뒤처지지도 않았다. 그것에 몹시 신경이 쓰여, 다음과 같이 이야기를 계속했을 때 나의 천지창조 이야기는 완전히 뒤죽박죽이 되어버렸다. "이처럼 재빠르고 더욱이 솜씨 있는 작업이라는 것은 오랜 심사숙고 끝에 하느님의 머릿속에서 이미 완성되어 있었다고 생각하지 않는다면 도저히 이해가 되지 않는 것입니다. 그런 연후에 하느님이……."

이때 마침내 그 발소리가 우리 곁에 다가왔다. 그다지 유쾌하지 못한 목소리가 우리에게 찰싹 달라붙었다. "어머, 틀림없이 슈미트 씨에 대한 이야기겠지요. 말씀 중에 죄송합니다……."

나는 불쾌한 얼굴로 그 여자를 노려보았다.

이웃 아주머니는 몹시 당황하여 "흠" 하고 가볍게 기침을 하고 말했다. "아니에요…… 저, 지금…… 실은…… 방금 저희가 한 이야기는, 저……."

"좋은 가을 날씨로군요." 그 부인은 대뜸 새침한 목소리로 이렇게 말했다. 그녀의 작은 얼굴이 새빨갛게 반짝거렸다.

"그렇군요" 하고 이웃 아주머니가 대답하는 것을 나는 들었다. "정말 그래요, 휘퍼 부인. 드물게 보는 좋은 가을 날씨군요."

그러고 나서 부인들은 겨우 헤어졌다. 휘퍼 부인은 아직도 혼자서 소리를 죽여 웃으면서 "그럼 애기들에게 안부 전해주세요" 하고 말했다.

사람 좋은 이웃 아주머니는 이미 그런 말엔 신경을 쓰고 있지 않았다. 아무튼 내 이야기를 몹시 듣고 싶어했기 때문이다.

그러나 나는 공연히 무뚝뚝한 말투로 이렇게 말했다. "그런데 어디까지 이야기를 했는지 알 수가 없군요."

"하느님의 머리에 대한 이야기를 하고 계셨지요. 그러니까⋯⋯." 아주머니는 거기까지 말하고 몹시 얼굴을 붉혔다.

그러자 나는 오히려 아주머니에게 미안한 생각이 들었다. 그래서 급히 이야기를 계속했다. "바로 그런 이유로 사물만 만들어지는 동안에는 하느님이 노상 지상을 내려다보고 있을 필요가 없었습니다. 지상에서는 무엇 하나 사건이 일어날 것 같지 않았기 때문입니다. 물론 바람은 벌써 오래전부터 이미 낯익은 구름과 모양이 똑같은 산 너머로 불어가고 있었습니다. 그러나 바람도 아직은 나뭇가지를 믿을 수 없는지 피해 갔습니다. 이것이 또 하느님에게는 지극히 만족스러웠습니다. 하느님은 모든 사물을, 말하자면 자고 있는 동안에 만든 것입니다. 그러나 동물들을 만들 차례가 되자, 이제는 하느님의 흥미를 끄는 작업이 시작되었습니다. 하느님은 완전히 그 작업에 몸을 구부리고, 짙은 눈썹을 치켜들고 지상을 내려다보는 일도 거의 없었습니다. 인간을 만들 때가 되자, 하느님은 지상의 일 같은 것은 완전히 잊어버렸습니다. 바로 그때입니다. 하느님이 인간의 복잡한 신체 어느 부분에 이르렀을 때인지는 알 수 없으나, 하느님의 주위에서 날개를 퍼덕이는 소리가 일었습니다. 한 천사가 '그대는 만물을 굽어보시며……'라고 노래하며 하느님의 옆을 지나갔습니다.

하느님은 깜짝 놀랐습니다. 우선 그 천사를 벌하였습니다. 왜냐하면 거짓말을 노래했기 때문입니다. 아버지인 하느님은 곧장 아래 세상을 내려다보았습니다. 과연 지상에서는 돌이킬 수 없는 일이 벌어져 있었습니다. 작은 새 한 마리가 불안스럽게 지상을 이리저리 헤매며 날고 있었습니다. 하느님은 그것을 보금자리로 돌아가게 해줄 수가 없었습니다. 이 가련한 동물이 어느 숲에서 떠났는지 하느님은 보지 못했기 때문입니다. 하느님은 아주 기분이 언짢아져서 이렇게 말했습니다. '새는 내가 정해준 곳에 가만히 있어야 하느니라.' 그러나 하느님은 문득, 지상에도 우리와 같은 것을 만들어주셨으면 하는 천사들의 요청으로 새들에게 날개를 주었다는 것이 생각났습니다. 이렇게 되니 하느님은 더욱더 화가 날 뿐이었습니다. 그런데 이러한 기분일 때는 일을 하는 것이 가장 좋습니다. 열심히 인간을 창조하는 데 몰두하자, 하느님은 어느덧 본래대로 다시 즐거워졌습니다. 천사의 눈을 거울처럼 앞에다 놓고 여기에 비추어 자신의 얼굴을 재고, 무릎 위의 점토 덩어리를 가지고 정성껏 최초의 얼굴을 만들어갔습니다. 이마는 잘 만들어졌습니다. 가장 어려웠던 것은 두 개의 콧구멍을 좌우로 균형 있게 뚫는 일입니다. 하느님은 더욱더 몸을 구부리고 일에 몰두했습니다. 그때입니다. 또다시 하느님의 머리 위에서 바람이 일었습니다. 하느님이 눈을 들어 보니, 먼

첫번 천사가 주위를 돌고 있었습니다. 이번에는 찬미가가 들리지 않았습니다. 거짓말을 노래했기 때문에 천사의 목소리는 완전히 쉬어 있었습니다. 그러나 하느님은 그의 입 모양에서 여전히 천사가 '그대는 만물을 굽어보시며'라고 노래를 하는 것을 똑똑히 볼 수 있었습니다. 그때 마침 하느님이 각별히 존중하는 니콜라우스 성자가 옆에 와서 당당한 수염을 움직이며 이렇게 말했습니다. '사자는 모두 당신의 손을 떠나서 의젓이 앉아 있습니다. 정말로 오만한 생물이군요. 그런데 보십시오. 작은 강아지 한 마리가 위험스럽게 대지의 가장자리를 뛰어다니고 있지 않습니까. 아시다시피 테리어입니다. 저래서야 당장 떨어지고 말겠지요.' 말을 듣고 보니, 분명히 무엇인가 밝고 새하얀 것이 한 점의 먼 광채처럼 스칸디나비아 지방을 춤추듯이 서성거리고 있었습니다. 그 근처는 이미 그때부터 지형이 대단히 둥글었던 것입니다. 하느님은 아주 화가 나서 '내가 만든 사자가 마음에 안 든다면 네 손으로 달리 만들어보는 게 어떤가?'라며 니콜라우스 성자를 힐책했습니다. 그래서 니콜라우스 성자가 하는 수 없이 하늘에서 나와 문을 닫는 순간, 그 여세로 별이 하나 떨어져 하필이면 테리어의 머리에 맞았습니다. 불행은 바야흐로 극도에 이르렀습니다. 하느님은 만사가 모두 자기 혼자의 탓이라고 마음속으로 인정하지 않을 수 없었습니다. 그래서 앞으로는 절대로 지상에서 눈을 떼지 않겠다고 결심했습니다. 실지로 그렇게 했습니다. 하느님은 완전히 숙달된 두 손에게 나머지 작업을 맡겼습니다. 인간이 과연 어떤 솜씨로 만들어졌는지 내심으로 몹시 알고 싶었으나, 잠시도 눈을 떼지 않고 먼 지상을 바라보고 있었습니다. 그러나 공교롭게도 이제는 지상에서 작은 잎사귀 하나 움직이려 하지 않았습니다. 하느님으로서는 이렇게 잇달아 불행이 계속된 후라서, 하다못해 사소한 기쁨이라도 맛보고 싶다고 생각한 모양입니다. 두 손을 향해, 인간에게 숨을 불어넣기 전에 먼저 자기에게 그 만듦새를 보여달라고 명령했습니다. 그래서 하느님은 몇 번이나, 마치 숨바꼭질을 하는 어린아이처럼 '다 됐니?' 하고 물었습니다. 그러나 그때마다 대답은 없고, 대답 대신 손이 무언가 빚는 소리만 들릴 뿐이어서 하느님은 기다렸습니다. 그동안 많은 시간이 흐른 것 같았습니다. 갑자기 거무스레한 이상한 것이 공중을 누비며 떨어져 내리는 것이 보였습니다. 그 방향으로 보아 가까이에서 나온 것으로 생각할 수밖에 없었습니다. 불길한 예감이 들어서 하느님은 손을 불렀습니다. 손은 둘 다 흙투성이가 되어, 화끈 달아오른 채 부들부들 떨며 나타났습니다. '인간은 어디로 갔나?' 하느님은 큰 소리로 호통을 쳤습니다. 그러자 오른손이 왼손에게 '네가 놓쳤어' 하며 대들었고, 왼손은 '무슨 소리를 하는 거야'라고 흥분하여 외쳤습니다. '모든 것을 너 혼자서 하려고 하지 않았어? 나에게는 조금도 참견하지 못하게 하고서.' '네가 인간을 단단히 붙잡고 있지 않은 게 잘못이야.'

이렇게 말하고 오른손은 싸울 자세를 취했습니다. 그러나 다시 생각을 바꾼 모양입니다. 두 손은 서로 앞을 다투어 이렇게 말했습니다. '인간이 잘못했습니다. 인간에게 인내심이 없었던 것입니다. 인간은 처음부터 그저 살고 싶어하기만 했습니다. 우리 둘은 책임이 없습니다. 우리 둘에게는 결코 죄가 없습니다.'

그러자 하느님은 정말로 노했습니다. 하느님은 두 손을 뿌리쳤습니다. 두 손이 앞을 가리고 있어서 지상을 내려다볼 수 없었기 때문입니다. '너희들과는 이제 그만이다. 너희들 마음대로 하거라.' 그때부터 두 손은 자기들끼리 해보려 했습니다만, 무엇을 해도 시작만 하고 끝났습니다. 하느님 없이 완성이란 있을 수 없었습니다. 그러는 동안 두 손은 마침내 지치고 말았습니다. 지금은 온종일 무릎 꿇고 참회를 하고 있답니다. 적어도 그런 소문입니다. 그렇지만 우리가 보기에는 하느님이 손에게 화를 내어 일을 쉬도록 한 것 같습니다. 그래서 언제까지나 일곱 번째 날이 계속되고 있는 것입니다."

여기서 나는 잠시 입을 다물었다.

이웃 아주머니는 교묘하게 이 기회를 재빨리 잡고 말했다. "그렇다면 이제 다시 화해할 날은 없다고 생각하세요?"

"천만에요" 하고 나는 대답했다. "적어도 나는 희망을 갖고 있습니다."

"그것은 언제 이루어질까요?"

"글쎄요, 아무튼 하느님의 뜻을 거역하고 양손이 놓쳐버린 인간이 어떤 모습을 하고 있는가를 하느님이 알게 될 때까지는 안 되겠지요."

이웃 아주머니는 잠시 생각에 잠겼다가 갑자기 웃음을 터뜨렸다. "하지만 하느님은 줄곧 아래쪽만 내려다보셨으니까 벌써 알고 계시지 않을까요……."

"잠깐만" 하고 나는 상대방을 가로막고 정중하게 말했다. "매우 총명하신 말씀입니다만, 제 이야기가 아직 끝나지 않았습니다. 그렇게 손을 뿌리친 후 하느님이 다시 지상을 내려다보았을 때, 그 사이가 1분 정도 지났습니다. 혹은 천 년이 지났다고 해도 좋습니다. 어떻든 마찬가지니까요. 인간은 혼자가 아니고, 그때에는 벌써 백만 명이나 되었습니다. 그들이 모두 옷을 입고 있는 것입니다. 그런데 그 당시의 유행은 속악하기 짝이 없어서 그것을 입은 사람의 얼굴까지도 몹시 비뚤어져 보이게 했으므로 하느님은 인간에 대해서 완전히 그릇된, (거짓 없이 말씀드리자면) 아주 나쁜 관념을 갖게 되었던 것입니다."

"흠" 하고 아주머니는 가벼운 기침을 하고 무엇인가 한마디 하려고 했다.

나는 개의치 않고 억양을 강하게 높여서 다음과 같이 끝을 맺었다. "그렇기 때문에 인간의 참다운 모습을 하느님이 알아야 한다는 것이 무엇보다도 중요합니다. 다행히도 하느님에게 이것을 전하는 사람들이 있어서……."

이웃 아주머니는 아직도 그 정도로 기쁘지는 않은 듯이, "어떤 분들이지요?" 하고 말했다.

"무엇보다도 어린애들이지요. 그리고 또 때로는 그림을 그리고 시를 쓰고 건축을 하는 사람들도……."

"건축을 하다니, 무엇을 말입니까? 교회인가요?"

"그렇습니다. 그리고 또 다른 것도요. 일반적으로……."

이웃 아주머니는 조용히 고개를 흔들었다. 여러 가지가 아무래도 이상한 모양이었다. 우리는 어느덧 아주머니의 집을 지나쳐버렸기 때문에 다시 천천히 되돌아가기로 했다.

아주머니가 갑자기 몹시 들떠서 큰 소리로 웃음을 터뜨렸다. "하지만 정말이지, 참으로 우스꽝스럽군요. 하느님은 전지전능하시지 않나요? 이를테면 저 작은 새가 어디서 날아왔는가 하는 정도는 잘 알고 계실 텐데요." 아주머니는 의기양양하게 나를 쳐다보았다.

이 말에는 사실 나도 약간 당황했다. 그러나 정신을 가다듬고, 가까스로 진지한 얼굴을 할 수가 있었다.

"아주머니" 하고 나는 상대방을 타일렀다. "원래 이것은 하나의 이야기에 지나지 않습니다. 그러나 제가 핑계를 댄다고 생각하실지도 모르니까 (물론 아주머니는 그렇지 않다고 강력히 부인하는 몸짓을 하지만) 간단히 말씀드리겠습니다. 하느님은 물론 모든 능력을 겸비하셨습니다. 그러나 하느님이 그것을 이 세상에, 말하자면…… 응용하기까지는 그 모든 능력이 유일한 큰 힘처럼 생각되었던 것입니다. 제 말이 확실한지, 제 생각이 명확히 표현되었는지 어떤지는 별로 자신이 없습니다만, 아무튼 여러 가지 사물에 부딪혀서 하느님의 능력도 갖가지로 특수화하고, 동시에 어느 정도까지는 의무 같은 것으로 변하였습니다. 그러나 하느님은 모든 것에 신경을 쓰시려고 애썼습니다. 그래서 여러 가지로 모순이 생겼습니다. 미리 말씀드립니다만, 이런 것은 아주머니에게만 이야기하는 것이니까 아이들에게는 절대로 들려주지 말아주십시오."

"말씀대로 하겠어요"라고 아주머니는 굳게 약속했다.

"사실이지 만약에 천사가 '그대는 만물을 알아보시고'라고 노래하며 지나갔다면 만사가 잘되어갔을지도 모릅니다."

"그렇다면 이 이야기도 불필요했겠지요?"

"그렇지요." 나는 상대방의 말에 동의했다.

그리고 헤어지려고 했을 때, "그런데 당신이 알고 있는 것은 모두 틀림없는 것이겠지요?" 하고 아주머니가 물었다.

"틀림없고말고요"라고 나는 아주 위엄 있는 어조로 대답했다.

"그렇다면 오늘 중으로 아이들에게 들려주겠습니다."

"나도 듣고 싶군요. 그럼 안녕히 계십시오."

"안녕히 가세요"라고 아주머니는 대답했다.

그러나 아주머니는 다시 되돌아왔다. "그렇지만 왜 그 천사가……."

"아주머니" 하고 나는 상대의 말을 가로막고 말했다. "방금 알게 되었습니다만, 댁의 따님들이 이것저것 묻는 까닭은 둘 다 어린아이라서가 아니라……."

"아니라, 무엇이지요?"라고 아주머니는 호기심에 가득 차서 물었다.

"그것은 말입니다. 의사의 말에 의하면 유전이라는 것이 있는데……."

아주머니는 집게손가락을 내밀며 나를 위협하는 듯한 몸짓을 했다. 그러기는 했지만 우리는 다정한 친구로서 헤어졌다.

그 후(라고는 하지만 상당히 오랜 시일이 지나고 나서) 이웃 아주머니를 다시 만났을 때 그녀는 혼자가 아니었다. 그래서 나의 이야기를 딸들에게 들려주었는지, 또 그것이 어떤 효과가 있었는지를 물어볼 수가 없었다. 그러나 그 얼마 후에 받은 한 통의 편지가 나의 의문을 풀어주었다. 발신인에게서 이 편지를 공개해도 좋다는 허락을 얻지 못했기 때문에 다만 마지막 구절을 옮기는 정도로 그쳐야 할 것 같다. 그것을 읽으면 발신인이 누구인지를 쉽게 알 수 있을 것이다. 편지는 다음과 같이 끝맺고 있었다. "저와 그 밖의 다른 다섯 아이들로부터. 왜냐하면 저도 그중 하나이니까요."

나는 편지를 받은 즉시 다음과 같은 답장을 썼다.

"여러분, 하느님의 손에 대한 이야기가 여러분 마음에 든 모양이군요. 그것은 내 마음에도 드는 이야기입니다. 그러나 유감스럽게도 여러분에게로 갈 수가 없습니다. 절대로 나쁘게 생각진 마십시오. 내가 여러분의 마음에 들지 의심스럽습니다. 첫째로 내 코는 아름답지 못합니다. 그리고 또 콧등에, 지금까지도 간혹 생기던 빨간 부스럼이 그때 또 생긴다면 여러분은 틀림없이 처음부터 끝까지 그 부스럼을 쳐다보는 데 정신이 팔려 그 아래쪽에서 열심히 말하고 있는 이야기엔 조금도 귀를 기울여주지 않을 것입니다. 뿐만 아니라 이 부스럼에 대해서 갖가지 꿈을 꿀지도 모릅니다. 그렇게 되면 나로서도 극히 난처해집니다. 그래서 다른 방법을 하나 제안하겠습니다. 우리는 (어머님뿐만 아니라 그 외에도) 많은 공통의 친구와 친지가 있을 것입니다. 물론 그 사람들은 어린이가 아닙니다. 이렇게 말하면 그들이 어떤 사람인가를 여러분은 벌써 알았을 것입니다. 그들에게 때때로 나는 무슨 이야기를 해줍니다. 그러면 같은 이야기라도 내가 직접 들려주는 것보다도 훨씬 아름답게, 이 중개인들로부터 들을 수가 있을 것입니다. 우리의 이 친구들 중에는 훌륭한 시인도 있으니까요. 내 이야기의 내용에 대해서는 미리 밝히지 않겠습니다. 그러나 여러분에게는 하느님보다 더 관심이 가고 마음에 걸리는 것이 없을 테니, 내가 하느님에 대해 알고 있는 것은 모두 기회가 있을 때마다 틀림없이 덧붙이기로 하겠습니다. 그중에 잘못된 데라도 있으면 또 편지를 주시든가, 아니면 어머님을 통해서 전해주십시오. 내가 갖가지의 매우 아름다운 이야기를 들은 것은 무척 오래전의 일이고 그 후로 나는 과히 아름답지 못한 이야기를 많이 기억해야만 했기 때문에, 혹시 여기저기에서 틀릴지도 모릅니다. 인생에는 그러한 일이 곧잘 있습니다. 그러나 인생은 역시 참으로 아름다운 것입니다. 이 인생에 대해서도 나의 이야기에서 자주 다루기로 하겠습니다.

그럼 여러분, 안녕……. 나로부터. 그러나 나도 여러분과 함께 있으므로, 동료의 한 사람으로부터.”

미지의 사람

미지의 사람에게서 편지가 왔다. 그 내용은 유럽에 관한 것이 아니었다. 모세에 관한 것도 아니고, 크고 작은 예언자에 관한 것도 아니었다. 러시아 황제나 그 무서운 조상인 이반 뇌제(雷帝)에 관한 것도 아니었다. 시장이라든가 이웃 구둣방 주인의 이야기도 아니고, 가까운 마을이나 먼 마을들에 관한 것도 아니었다. 내가 매일 아침 거니는 저 사슴이 많은 숲에 관한 것도 물론 이 편지에는 적혀 있지 않았다. 그렇다고 해서 그 사람의 어머니에 관한 일이나, 벌써 결혼했을 누이들에 관한 일을 전하고 있는 것도 아니었다. 아마 어머니는 돌아가셨는지도 모른다. 네 페이지나 되는 편지에서 어머니에 대해 한마디도 하지 않았으니, 그렇게 생각할 수밖에 없다. 이 미지의 사람은 실로, 절대적인 신뢰감을 보내며 나를 형제처럼 여기고 자신의 안타까운 심사를 호소하고 있었다.

저녁때 그 미지의 사람이 나를 찾아왔다. 나는 램프에 불도 켜지 않고 그가 외투 벗는 것을 도운 다음, 우선 함께 차를 마시자고 권했다. 마침 내가 매일 차를 마시는 그 시각이 되었기 때문이다. 더구나 이처럼 친근한 방문을 받았을 때는 마음에 부담을 가져서는 안 된다. 테이블에 앉았을 때, 나는 손님이 몹시 침착하지 못하다는 것을 알았다. 얼굴에는 불안이 가득하고, 두 손은 떨고 있었다.

"마침 잘 되었습니다"라고 나는 말했다. "이 편지를 당신에게 보낼 참이었습니다." 그러고는 이내 차를 따르려고 했다. "설탕을 넣으시죠? 레몬도 넣을까요? 러시아 여행에서, 차에 레몬을 넣어서 마시는 것을 배웠습니다. 한번 넣어보시겠습니까?"

그런 다음 램프에 불을 붙여 한쪽 구석의 약간 높은 곳에 놓았다. 저녁 해는 지지 않고 주저하며 전보다도 좀 더 따뜻하고 붉은빛을 띤 황혼이 되어 방 안에 머물러 있었다. 그러자 그럴싸해서 그런지 손님의 얼굴도 한결 생기가 돌고, 따스하고도 훨씬 친밀감 있게 보였다.

나는 손님에게 다시 한 번 인사말을 했다. "오랫동안 기다렸습니다" 하고 말하고는, 미지의 사람이 놀랄 틈도 주지 않고 계속해서 그 이유를 설명했다. "사실 당신 말고는 아무에게도 말하고 싶지 않은 이야기가 있었습니다. 그 이유는 묻지 말아주십시오. 우선 앉은 자리가 편한지, 차 맛이 괜찮은지, 내 이야기를 들어주실지, 그저 그것만을 말씀해주십시오."

손님도 이 말에는 무심코 미소를 띠며 "네, 좋습니다"라고 선뜻 대답했다.

"세 가지 다 좋습니까?"

"네, 세 가지 다."

그와 나는 동시에 의자 등받이에 몸을 기댔다. 때문에 우리의 얼굴은 어둡게 그늘이 졌다.

나는 찻잔을 테이블에 내려놓고, 잠시 동안 차가 빛을 받아서 황금빛으로 반짝이는 것을 바라보았다. 그러나 어느덧 그 즐거움도 잊어버리고 갑자기 이렇게 물었다. "당신은 지금도 하느님을 기억하고 계십니까?"

미지의 사람은 생각에 잠겼다. 그의 눈은 어둠 속에 묻혔고, 눈동자에 작은 불빛을 남긴 모습은 마치 여름 햇빛이 쨍쨍 내리쬐는 공원의 두 줄기 나무 그늘 길 같았다. 나무 그늘 길도 이렇게 둥근 어둠으로 시작되고 차츰 좁아지는 어둠 속으로, 즉 아마 훨씬 밝은 양지 쪽으로 통하는 건너편 출구로 퍼져서, 마침내 멀리서 반짝반짝 빛나는 한 점에 이른다.

내가 그렇게 생각하고 있는 사이에 그는 망설이면서, 입을 놀리는 것이 귀찮다는 듯이 말했다. "네, 아직도 하느님을 기억하고 있습니다."

"고맙습니다" 하고 나는 그에게 감사의 뜻을 표했다. "나의 이야기는 바로 하느님에 대한 것이니까요. 그러나 먼저 묻고 싶습니다만, 때때로 아이들과 이야기하는 일이 있습니까?"

"있지요. 지나가다가, 적어도……."

"아마도 당신은 하느님이 그 손의 심한 불복종 때문에 완성된 인간이 본래 어떠한 모습이었는가를 모르신다는 것을 알고 있겠지요?"

"그것은 어디선가 들은 적이 있습니다. 누구에게서 들었는지는 모르지만……" 하고 손님은 대답했다. 그 이마에 희미한 기억의 그림자가 스치는 것을 나는 보았다.

나는 "상관없습니다"라고 그의 말을 막았다. "계속해서 들어주십시오. 하느님은 오랜 세월 동안 그러한 불확실성을 참아왔습니다. 하느님의 인내심도 강력한 힘만큼이나 대단했습니다. 그러나 한번은 하느님과 지상 사이에 여러 날 동안 짙은 구름이 끼는 바람에 자신이 세상과 사람과 시간 등 모든 것을 단지 꿈꾼 것은 아닌지 더 이상 알 수 없었을 때 하느님은 자신의 오른손을 불렀습니다. 오른손은 그동안 하느님의 시야에서 추방되어 몸을 숨긴 채 중요하지도 않은 작은 작품들에 열중하고 있었습니다. 오른손은 급히 달려왔습니다. 하느님이 마침내 용서해주리라고 믿었기 때문입니다. 아름답고 젊고 힘에 넘친 오른손의 모습을

26

보자 하느님은 이제 용서해줄 마음이 생겼습니다. 그러나 순간적으로 생각을 달리하고, 돌아보지도 않고 엄명했습니다. '너는 아래 세상으로 내려가거라. 인간과 같은 모습을 하고, 내가 너를 잘 볼 수 있도록 벌거숭이로 산 위에 서 있거라. 그곳으로 내려가면 곧 젊은 여자에게로 가서 말해라. 그러나 나직이, 나는 살고 싶다고 소곤거려야 한다. 그러면 처음에 작은 어둠이 네 주위에 생기고 이어서 유년 시절이라고 하는 커다란 어둠이 생길 것이다. 그리고 장성한 남자가 되어 내가 명령한 대로 산 위에 오르는 거야. 이 모든 것은 일순간에 이루어질 것이다. 그럼 다녀오너라.' 오른손은 왼손에게 작별을 고하고, 수많은 다정한 이름으로 불렀습니다. 뿐만 아니라 갑자기 왼손 앞에 머리를 숙이고 '성령님'이라고 부르기까지 했다고 합니다. 그러나 어느새 성 바울이 나타나서 하느님의 오른손을 잘라내자, 천사장이 그것을 받아서 넓은 옷자락에 싸서 운반해 갔습니다. 하느님은 왼손으로 상처를 누르고, 피가 별 위로 흐른다든가 별에서 슬픈 방울이 되어 떨어지지 않도록 하였습니다. 한참 후에 조심스럽게 하계에서 일어나는 모든 일을 가만히 지켜보던 하느님은 쇠 옷을 입은 인간들이, 즉 별이 어느 산 주위에서 일을 하고 있는 것을 발견했습니다. 그리고 그곳에 자기의 오른손이 올라오리라고 기대했습니다. 그러나 언뜻 보기에 빨간 외투를 입은 한 인간이 무엇인가 검고 흔들거리는 것을 산 위로 끌어올리고 있을 뿐이었습니다.

바로 그 순간, 생생한 상처를 막고 있던 하느님의 왼손이 불안을 누를 길이 없어 하느님이 말릴 틈도 없이 갑자기 자기 자리를 버리고 미친 듯이 별 하늘로 뛰어나가면서 소리쳤습니다. '오, 불쌍한 오른손, 그러나 너를 도울 수가 없구나!' 이렇게 말하며 왼손은 자기가 맨 끝에 매달려 있는 하느님의 왼팔을 잡아당겨, 거기서 떨어져 나가려고 발버둥을 쳤습니다. 대지 위는 하느님의 피로 새빨갛게 물들었습니다. 피투성이가 되어 무슨 일이 일어나고 있는지 분간할 수가 없었습니다. 그때 하느님은 거의 죽을 지경이었습니다. 마지막 힘을 다하여 겨우 오른손을 불러들였습니다. 오른손은 창백한 빛으로 부들부들 떨면서 병든 짐승처럼 돌아와 제자리로 갔습니다. 그리고 왼손도 오른손이 지상에 내려가서 붉은 외투를 입고 산에 올라갔을 때부터 그것이 오른손이라고 분명히 알고 있었고, 이 여러 가지 일을 알고 있었겠지만, 저 산 위에서 무슨 일이 일어났는가는 끝내 오른손에게서 들을 수가 없었습니다. 어떤 무서운 일이 일어났음에 틀림이 없었습니다. 왜냐하면 하느님의 오른손은 아직도 완전히 회복되지 않았고, 하느님의 오랜 노여움에 괴로워하는 것과 마찬가지로 자신의 추억에 괴로워하고 있기 때문입니다. 하느님은 여전히 두 손을 용서해주지 않았습니다."

나는 잠시 말을 쉬었다. 미지의 사람은 두 손으로 얼굴을 가리고 있었다. 한참 동안 그대로 있었다. 이윽고 미지의 사람은 이미 귀에 익은 목소리로 말했다.

"왜 나에게 이 이야기를 들려주었지요?"

"당신 말고 누가 나를 이해해주겠습니까? 당신은 지위도 없고 관직도 없고 세속적인 명예도 없고 거의 이름조차 없이 나에게 찾아와주었습니다. 당신이 왔을 때는 이미 어두웠습니다. 그러나 당신의 얼굴에서 무언가 닮은 데가 있는 것을 발견했습니다……."

미지의 사람은 의아스러운 듯이 눈을 들었다.

그러나 그 조용한 눈매에 나는 대답했다. "그렇습니다. 이따금 생각했습니다만, 하느님의 손은 아마 지금 여행 중일 것이라고……."

어린이들은 이 이야기를 들었다. 그리고 잘 알아들을 수 있게 전해진 것도 확실하다. 왜냐하면 어린이들은 이 이야기를 좋아하니까.

하느님은 왜 가난한 사람이
존재하기를 바라는가

먼젓번 이야기가 세상에 많이 퍼지는 바람에 학교 선생은 아주 떠름한 얼굴로 거리를 다녀야 할 정도였다. 나는 그것을 잘 알 수가 있었다. 자기가 이야기하지 않았는데 아이들이 갑자기 알게 되면 선생은 언제나 기분이 언짢은 것이다. 말하자면, 선생은 과수원 판자 울타리에 있는 단 하나의 구멍이어야 한다. 다른 구멍이 있으면 아이들은 매일 그 구멍으로 몰려들어, 마침내 안쪽 경치에 싫증을 내고 말 것이다. 실은 이러한 비유를 여기에 적고 싶지는 않다. 어느 선생이고 옹이구멍임을 자처한다고는 말할 수 없는 일이니까. 그러나 내가 이웃으로서 지금 이야기하고자 하는 선생은 처음에 내게서 이 비유를 듣고 정말 알맞은 비유라고 말했다. 물론 생각이 다른 사람도 있겠지만, 이웃 선생의 권위는 나에게 있어 기준이다.

선생은 내 앞에 서서 쉴 새 없이 안경을 만지작거리며 이렇게 말했다. "아이들에게 누가 이런 이야기를 들려주었는지 모르겠지만, 아무튼 아이들의 공상력에 이러한 색다른 관념을 깊게 주입하여 긴장시키는 것은 좋지 못한 일이지요. 일종의 우화가 문제이지만……."

"나도 우연히 들었습니다"라고 나는 선생의 말을 가로막았다. (거짓말을 한 것은 아니고, 그날 저녁 이후 이웃 아주머니에게서 내가 실제로 들었으니까.)

"그렇습니까?"라고 선생은 대답했다. 이것은 간단히 해결할 수 있다고 생각하고. "그런데 당신은 어떻게 생각하십니까?" 내가 대답을 주저하자, 선생은 황급하게 말을 이었다. "첫째로 나쁘다고 생각하는 것은 종교적인, 특히 성서의 소재를 자기 멋대로 이용한다는 것입니다. 아무튼 그것은 모두 교리문답서에 더 이상의 표현은 할 수 없을 만큼 잘 설명되어 있습니다……."

나는 무슨 말을 하려고 했으나, 막상 하려고 하다가 생각했다. 선생은 '첫째로'라는 표현을 썼으니까, 따라서 이번에는 문법상으로나 문장의 구성상으로도 '그리고'라든가 '그리고 마지막으로'라고, 내가 감히 말을 꺼내기 전에 계속되지 않으면 안 된다고. 과연 그렇게 되었다. 선생은 어떠한 전문가에게도 환영받을 만한 나무랄 데 없는 그 문장을 다른 사람들에게도 말하였고, 그 사람들도 나처럼 이 문장을 잊지 않으리라고 생각하기 때문에, 여기에서는 그저 '그리고 마지막으로'라는 아름다운 준비어 뒤에 서곡의 피날레같이 울린 문장만을 적어두기로 한다. "그리고 마지막으로…… (그 터무니없는 공상적 해석을 관대하게 보아 넘기기로 하고) 나로서는 소재가 아직도 충분히 소화되지 않았고, 또 전면적인 주의력도 부족한 것 같습니다. 만약 나에게 이야기를 쓸 시간이 있다면……."

"그 이야기에 불만스러운 점이 있다는 것입니까?" 나는 그의 말을 가로막지 않을 수 없었다.

"네, 여러 가지가 부족하다고 생각합니다. 문학적, 비평적 입장에서 당신에게 이야기할 수 있다면……."

나는 그의 말뜻을 이해할 수 없어서 겸손하게 말했다. "호의는 매우 감사합니다만, 나는 한 번도 교직 경험이 없어서……." 문득 생각나는 것이 있어서 나는 말을 끊었다.

그러자 선생은 약간 냉정을 찾아서 말을 이었다. "한 가지만 들자면, 하느님의 문제입니다. (이야기가 의미하는 내용에 깊이 파고든다 하더라도) 하느님이 있는 그대로의 인간을 보려고, 그 이상 시도하지 않았다고는 생각할 수 없습니다. 내가 말하는 의미는……."

나는 또다시 선생을 달래지 않으면 안 되겠다고 생각하고, 약간 고개를 숙이고 나서 말하기 시작했다. "당신이 헌신적으로

(더구나 실례되는 말일지 모르지만, 사랑에는 사랑으로 보답하면서) 사회 문제에 몰두하고 있다는 것은 잘 알려진 사실입니다." 선생은 미소를 지었다. "만일 그렇다고 생각한다면 지금부터 당신에게 하려고 하는 말은 당신의 관심과 그다지 거리가 있다고는 생각되지 않습니다. 특히 당신이 끝으로 말씀하신, 매우 날카로운 비평과도 관계가 있을 것 같아서."

선생은 놀라며 나를 쳐다보았다. "만약 하느님……."

"그렇습니다"라고 나는 상대방의 말에 동의하면서 "하느님은 바야흐로 새로운 시도를 하려 하고 있습니다."

"정말입니까?"라면서 선생은 나에게 대들듯 말했다. "권위 있는 계통에서 그렇게 말하고 있습니까?"

"글쎄요, 어떨지 정확한 것은 나도 모르겠습니다!" 나는 유감스럽다는 듯이 대답했다. "그런 계통의 사람들과는 관계가 없습니다. 그래도 당신이 나의 하찮은 이야기를 들어주시겠다면……."

"들려주시면 감사하겠습니다"라고 말하고, 선생은 안경을 벗어서 정성스럽게 알을 닦았다. 안경을 벗은 눈에 부끄러운 기색이 감돌았다.

나는 시작했다. "어느 날 하느님은 대도시를 내려다보고 있었습니다. 심한 혼잡으로 눈이 피로해졌을 때(그물 같은 전깃줄이 적잖이 그 원인이었습니다), 하느님은 잠시 동안 높은 아파트 한 채만을 바라보기로 작정했습니다. 그럼 눈이 훨씬 덜 피로하니까요.

그리고 또 언젠가는 살아 있는 인간을 보고 싶다는 전부터의 소원이 생각나서 각 층의 창문을 차례로 들여다보았습니다. 2층의 사람들(부유한 상인과 그 가족들)은 옷 그 자체라고 해도 좋을 만큼 몸 전체가 값진 천으로 덮여 있을 뿐만 아니라, 그 안에 몸이 있으리라고는 생각할 수 없을 정도의 옷 모양이었습니다. 3층의 광경도 그다지 다르지 않았습니다. 4층의 사람들은 분명히 입고 있는 것도 현저히 적었지만 아주 더러워서 때 묻은 주름살이 보일 뿐이어서, 자비를 베풀어 하마터면 자식 복을 내리실 뻔했습니다. 마지막으로 지붕 밑 다락방을 들여다보니, 거기에는 낡은 상의를 입은 남자가 부지런히 진흙을 이기고 있었습니다. '오, 어디서 그것을 배웠지?' 하느님은 그에게 말을 걸었습니다. 그는 파이프를 입에서 떼지도 않고 중얼거렸습니다. '누가 알아. 구두장이가 될 걸 그랬어. 이렇게 쭈그리고 앉아서 고생할 바엔…….' 그러고 나서 하느님이 무엇을 물으려 해도 그는 기분이 나빠서 대답을 하지 않았습니다. 마침내 어느 날 그는 이 도시의 시장에게서 긴 편지를 받았습니다. 그러자 이번에는 묻지도 않았는데 하느님에게 모든 것을 다 말했습니다. 그는 오랫동안 주문이라는 것을 받아보지 못했습니다. 그런데 지금 갑자기 시립공원에 세울 '진리'라고 하는 동상의 제작을 의뢰받은 것입니다. 조각가는 멀리 떨어진 아틀리에에서 밤낮을 가리지 않고 제작에 전념했습니다. 그 모습을 바라보자, 하느님은 여러 가지 옛 생각이 되살아났습니다. 하느님이 자기의 두 손에 화를 내고 있지 않았더라면 틀림없이 무엇인가를 시작했을 것입니다. 그런데 진리라고 불리는 동상이 공원의 지정된 장소에 세워지는 날이 왔을 때, 하느님도 완성된 동상을 보셨겠지만, 그때 커다란 소동이 일어났습니다. 시(市)의 학부형이나 선생, 그 밖의 유지로 구성된 위원회가 그 동상을 공개하기 전에 먼저 부분적이나마 동상에 옷을 입힐 필요가 있다고 요구했기 때문입니다. 하느님은 그 이유를 알 수 없었고, 조각가는 큰 소리로 저주를 퍼부었습니다. 시의 학부형과 선생, 그 밖의 사람들 때문에 조각가는 벌을 받게 되었습니다. 하느님은 반드시 그들에게…… 아니, 몹시 기침을 하시는군요.”

“이제 괜찮습니다”라고 선생은 아주 맑은 목소리로 대답했다.

“조금만 더 하면 됩니다. 하느님은 먼젓번의 아파트와 시립공원에서 눈을 돌리려 했습니다. 무엇이 걸리지 않았나 살펴보려고 낚싯대를 물에서 단번에 끌어당기듯이 말입니다. 그러자 과연 이 경우에도 정말로 걸려든 것이 있었습니다. 아주 작은 오두막집이었습니다. 비좁은 집 안에 여러 사람이 살고 있었습니다. 누구 한 사람 옷다운 옷을 입고 있지 않았습니다. 모두가 찢어지게 가난했습니다. ‘그렇지, 저게 좋은 거야’라고 하느님은 생각했습니다. ‘인간은 가난해야 하는 거야. 저 사람들은 더없이 가난하겠지만, 나는 그 녀석들이 입을 셔츠도 없을 정도로 가난하게 해주어야지.' 하느님은 이렇게 결심했습니다."

여기에서 나는 내 이야기도 마지막이라는 것을 암시하기 위하여 말을 끊었다. 그러나 선생은 그것으로는 도저히 만족하지 않았다. 선생이 생각하기는 이 이야기도 앞의 이야기와 마찬가지로 용두사미 격이어서, 마무리가 되지 않았다는 것이다.

"옳은 말씀입니다." 이렇게 대답하고, 나는 곧 변명을 시작했다. "그렇다면 이거야말로 시인에게 맡겨야 합니다. 시인이라면 이 이야기에 어떤 공상적 결말을 내줄 것입니다. 사실이지 이야기는 아직 끝나지 않았으니까요."

"그것은 또 무슨 말씀입니까?"라고 선생은 의아스러운 듯이 말하고, 나를 빤히 쳐다보았다.

"아니, 선생님" 하고 나는 주의를 환기시켰다. "당신은 정말 건망증이 심하시군요. 당신이야말로 이곳 빈민구제협회의 이사가 아니십니까……."

"그렇습니다. 한 10년쯤 그 직을 맡고 있습니다만, 그것이 어떤……."

"바로 그것입니다. 당신이나 당신의 협회는, 하느님이 그 목적을 이루려는 것을 오래전부터 방해하고 있는 것입니다. 옷가지를 나누어주고……."

"잠깐만" 하고 선생은 조심스럽게 말했다. "단순히 이웃을 사랑하는 마음입니다. 그렇게 하는 것이 또한 더없이 하느님의 뜻에 따르는 길이기도 합니다만."

"그렇다면 그 점에 대해서는 이미 권위 있는 기관에서 충분히 확인된 것인가요?" 나는 솔직히 물었다.

"물론입니다. 나 자신이 빈민구제협회의 이사를 맡고 있는 관계로 여러 칭찬을 들어왔습니다. 솔직히 말씀드리자면, 다음번 승진 때에는 이러한 나의 활동을 인정하여…… 아시겠지요?" 선생은 부끄러운 듯이 얼굴을 붉혔다.

"성공을 기원합니다"라고 나는 대답했다.

우리는 악수를 나눴다. 선생은 의기양양하게 유유히 걸음을 옮겨놓았다. 그런 걸음걸이로는 틀림없이 학교에 지각을 했을 것이다.

나중에 안 일이지만, 이 이야기의 일부가 (아이들에게 알맞은 범위 안에서) 아이들에게도 전해진 듯했다. 선생은 이 이야기를 과연 끝까지 완성했을까?

러시아에 어떻게
배신이 찾아왔는가

나에게는 이 근처에 또 한 사람의 친구가 있다. 금발 머리에 다리가 마비된 사람으로, 여름이나 겨울이나 의자를 창가에 대고 있다. 아주 젊게 보일 때가 있고, 열심히 귀 기울이는 얼굴 표정에는 때로 어린아이 같은 데도 있을 정도다. 그런가 하면 기묘하게 늙어 보이는 날도 있어서, 단 몇 초가 마치 몇 년처럼 그의 얼굴을 스치고 간다. 그러면 별안간 어른이 되어, 그 어두운 눈빛은 완전히 생명을 잃어버린 것처럼 보인다. 우리는 무척 오래전부터 알고 지냈다. 처음에는 지나치면서 그저 얼굴을 마주 볼 정도였지만, 나중에는 무심코 서로 미소를 띠게 되고, 1년쯤은 인사를 하고 지냈다. 그러는 동안에 언제부터인지 두서없는 잡담을 주고받는 사이가 되었다. "안녕하십니까?" 하고 지금도 그 친구는 지나가는 내게 말했다. 그 창문은 풍요한 결실의 고요한 가을을 향하여 여전히 활짝 열려 있었다. "오랜만이군요."

"안녕하십니까, 에발트 씨⋯⋯." 지나갈 때 언제나 그랬듯이 그의 창가로 다가갔다. "여행을 다녀왔지요."

"어디로요?"라고 그는 궁금한 듯한 눈으로 물었다.

"러시아에 갔었지요."

"그런 먼 곳으로⋯⋯." 그는 뒤로 몸을 젖히며 말을 이었다. "어떤 나라입니까, 러시아는? 아주 큰 나라겠지요?"

"그렇습니다"라고 나는 대답했다. "크고, 게다가⋯⋯."

"시시한 질문을 했나요?" 에발트는 미소를 지으며 얼굴을 붉혔다.

"아닙니다, 에발트 씨. 그 반대예요. 어떤 나라냐고 당신이 물었기 때문에 여러 가지를 분명히 알게 됐습니다. 이를테면 러시아의 국경은 어디인가?"

"동부입니까?" 친구는 말참견을 했다.

나는 잠시 생각하고 나서 말했다. "아니지요."

"북부입니까?" 다리를 절름거리는 그가 물었다.

"그렇습니다." 나는 문득 생각이 떠올라서 말했다. "지도를 보고 알게 된 것이 잘못이었습니다. 그곳에는 모든 것이 광활하고 평평합니다. 그러므로 동서남북을 가리키기만 하면 만사가 그것으로 족하다고 생각하게 됩니다. 그러나 나라라는 것은 지도를 말하는 게 아닙니다. 거기에는 산도 있고 심연도 있습니다. 사실 그것은 위쪽이든 아래쪽이든 무엇과도 접경하고 있습니다."

"흠……." 나의 친구는 골똘히 생각하며 말했다. "옳은 말씀입니다. 도대체 러시아는 그 위쪽과 아래쪽에서 어디와 접경하고 있습니까?"

이 불구자가 갑자기 어린아이처럼 보였다.

"알고 계실 텐데요." 나는 큰 소리로 말했다.

"아마 하느님과?"

"그렇습니다, 하느님입니다." 나는 그의 말에 동의했다.

"역시 그렇군요." 그 친구는 완전히 이해가 간 듯이 고개를 끄덕였다. 그리고 비로소 몇 가지 의문을 품었다. "그렇다면 하느님은 하나의 나라인가요?"

"그렇지 않습니다." 내가 대답했다. "그러나 원시적인 말로는 많은 것에 같은 이름이 붙어 있습니다. 아마도 하느님이라고 불리는 왕국이 있고, 이곳을 지배하는 자도 역시 하느님이라고 불릴 것입니다. 순박한 민족은 종종 그 국토와 황제를 구별하지 못합니다. 둘 다 거대하고 친절하며, 무섭고 또 위대합니다."

"알겠습니다." 창가의 사나이는 천천히 말했다. "그런데 러시아에서는 이 하느님과 이웃하고 있다는 것을 알고 있습니까?"

"기회가 있을 때마다 그것을 명확히 할 수 있습니다. 하느님의 영향력은 대단히 큽니다. 유럽에서 아무리 많이 가지고 들어

와도 서구의 문물은 국경을 넘자마자 돌멩이가 되고 맙니다. 때로는 보석도 섞여 있지만 그것은 단지 부자들, 이른바 '교양 있는 사람들'에게만 그렇다는 겁니다. 한편 위쪽인 다른 왕국에서 민중의 양식이 되는 빵이 옵니다."

"빵은 민중에게 남아돌 만큼 있겠지요?"

나는 망설였다. "아뇨, 그렇지도 않습니다. 하느님으로부터의 공급은 어떤 사정 때문에 어려워져 있습니다." 나는 그에게 이런 생각을 하지 않게 하려고 했다. "그러나 저 광대한 이웃 왕국의 습관에서 많은 것을 받아들였습니다. 이를테면 모든 의식이 그렇습니다. 황제를 부를 때에도 하느님을 부르듯 하고 있습니다."

"그렇습니까, 폐하라고 하지 않습니까?"

"아닙니다. 양쪽 다 아버지라고 부릅니다."

"그리고 양쪽 모두 무릎을 꿇습니까?"

"양쪽 모두 몸을 내던지며, 이마를 땅에 대고 엉엉 울면서 말합니다. '저는 죄 많은 자입니다. 제발 용서해주십시오, 아버지'라고. 이것을 보고, 독일 사람들은 아주 품위 없는 노예근성이라고 말하고 있습니다. 그러나 나는 생각이 다릅니다. 무릎을 꿇는다는 것은 무엇을 의미하겠습니까? 외경의 정이 있음을 나타내는 것이 아닙니까. 그렇다면 머리에 쓴 것을 벗는 것만으로 족하다고, 독일 사람들은 말하겠지요. 물론 그렇겠지요. 인사나 절은 어느 정도 외경의 표현이지만, 이것은 각자가 땅에 엎드릴 만큼의 공간이 없는 나라들에서 생긴 간략한 형식입니다. 그런데 그것이 필경에는 기계적으로 사용되어 이제 그 의미를 잊고 있습니다. 그러므로 아직도 그렇게 할 시간과 공간이 충분한 곳에서는 표현을 생략하지 않고 외경이라는 저 아름답고 소중한 말을 전부 표현하는 것이 좋습니다."

"그렇지요. 할 수 있다면 나도 무릎을 꿇고 싶습니다……." 다리가 마비된 사람은 꿈꾸듯이 말했다.

"그러나 러시아에서는……." 잠시 후에 나는 계속했다. "다른 많은 것도 하느님에게서 옵니다. 무엇이든 새로운 것은 하느님이 내려주었다는 생각을 품고 있습니다. 어떠한 옷이나 음식도, 어떠한 덕성이나 죄악도 사용하기 전에 하느님의 허락을 받아야 된다는 생각입니다."

불구자는 놀란 듯이 나를 쳐다보았다.

"내가 예로 드는 것은 단순한 이야기입니다." 나는 그를 안심시키려고 급히 말했다. "이른바 국민 서사시로서, 독일어로 말하자면 일찍이 있었던 것이라는 뜻입니다. 제목은 '러시아에 어떻게 배신이 찾아왔는가'입니다."

나는 창가에 몸을 기댔다. 다리가 마비된 사람은 이야기가 시작되면 곧잘 그렇게 하듯, 조용히 눈을 감았다.

"무서운 이반 뇌제는 인근의 영주들에게 공물을 바치게 하려고, 하얀 도시 모스크바로 황금을 보내지 않으면 대전쟁을 일으

키겠다고 위협했습니다. 영주들은 서로 의논한 끝에 똑같이 이렇게 대답했습니다. '저희들은 당신에게 세 가지 수수께끼를 내겠습니다. 저희들이 지정한 날 동양에, 즉 저희들이 모이는 하얀 돌까지 왕림해주십시오. 그리고 세 가지 수수께끼의 해답을 들려주십시오. 모두 맞으면 요구하는 황금 열두 상자를 즉시 드리겠습니다.' 처음에 이반 바실리예비치 황제는 잘 생각해보았습니다. 그러나 그의 하얀 도시 모스크바의 종소리가 그의 생각을 방해했습니다. 그래서 황제는 학자와 고문관을 불러내어 세 가지 수수께끼를 풀 수 없는 자는 누구든 넓고 붉은 광장에, 즉 일찍이 바실리예비치 왕을 위하여 교회를 세운 곳에 끌어내어 당장에 참수하겠노라고 선언했습니다. 그러는 동안 시간은 자꾸만 흘러, 황제는 황급히 영주들이 기다리고 있는 동양으로 하얀 돌을 향해서 떠났습니다. 세 가지 물음에 하나도 대답할 수가 없었습니다. 그러나 길은 멀었고, 또 도중에 현자를 만날 가능성이 있었습니다. 왜냐하면 그 무렵의 왕은 누구나 별로 현명하지 않다고 생각되면 곧 현자를 죽이는 관습이 있어서 많은 현자가 피난해 있었기 때문입니다. 그러나 물론 그런 현자가 황제의 눈에 띄지는 않았습니다.

그런 어느 날 아침, 황제는 교회를 짓고 있는 수염투성이의 농부를 만났습니다. 벌써 지붕을 이을 각목을 치고 작은 윗가지를 붙이고 있었습니다. 그런데 기묘하게도 늙은 농부는 밑에 쌓아

놓은 가는 윗가지를 한꺼번에 많이 자신이 입고 있는 긴 웃옷에 넣어 운반하지 않고, 위에서 내려와 윗가지를 하나씩만 가지고 올라가는 것이었습니다. 그래서 농부는 노상 오르락내리락해야 하고, 그래서야 언제 수백이 넘는 윗가지를 다 붙일지 알 수가 없었습니다. 황제는 신경질이 나서 '멍청이 녀석!' 하고 소리쳤습니다. (러시아에서는 농부를 대개 이렇게 부릅니다). '윗가지를 잔뜩 가지고 올라가야지. 그것이 훨씬 간단할 텐데.' 때마침 밑으로 내려왔던 농부는 그 자리에 멈추어 서서, 한쪽 손으로 눈을 가리며 대답했습니다. '이 일은 저에게 맡겨주십시오, 이반 바실리예비치 황제님. 자기 일은 자기가 제일 잘 알지요. 그런데 이곳을 지나가시니, 세 가지 수수께끼의 해답이나 가르쳐드리지요. 동양의 하얀 돌이 있는 곳에서 필요하시겠지요. 여기서 별로 멀지 않습니다.' 이렇게 말하며 농부는 세 가지 해답을 차례로 하나하나 가르쳐주었습니다. 황제는 너무 놀라서 감사의 말도 나오지 않았습니다. 가까스로 물었습니다. '자네에게 대체 어떻게 사례를 해야 할까?' '필요 없습니다.' 농부는 윗가지 하나를 집어 들고 사닥다리를 올라가려 했습니다. '잠깐 기다리게.' 황제는 명령했습니다. '그건 곤란해. 무언가 필요한 것이 있겠지.' '그럼 아버지의 명령이라면, 한 상자만 얻기로 하겠습니다. 동양의 영주들에게서 받을 열두 상자의 황금 중에서.' '좋아' 하고 황제는 고개를 끄덕였습니다. '황금 한 상자를 자네에게 주겠네.' 황제는 급히 떠났습니다. 세 가지 해답을 잊어버리기 전에.

그 후 황제가 열두 상자의 황금을 가지고 모스크바에 돌아왔을 때, 다섯 성문이 있는 크렘린 깊숙이 자신의 궁전에 틀어박혀 한 상자씩 큰 홀의 번쩍이는 바닥에 풀어 나가니, 정말로 황금의 산이 생겨 커다란 검은 그늘이 질 정도였습니다. 황제는 깜박 잊고 열두 번째 상자도 풀고 말았습니다. 상자에 다시 황금을 넣어서 가득 채우려고 했지만, 이렇게도 훌륭한 황금의 산에서 그토록 많이 들어내자니 몹시 가슴이 아팠습니다. 밤이 되어 뒤뜰로 나가서 깨끗한 모래로 상자를 4분의 3쯤 채우고는 몰래 자신의 궁전으로 돌아와 모래 위에 황금을 얹고, 다음 날 아침 사신을 시켜서 넓은 러시아의 그 늙은 농부가 교회를 짓고 있는 지방으로 그것을 보냈습니다. 농부는 황제의 사신을 보자, 아직 완성되지 않은 지붕에서 내려와 소리쳤습니다. '더 가까이 올 필요 없네. 그 상자를 가지고 돌아가게. 그 안에는 모래가 4분의 3이고 황금은 겨우 4분의 1이 들었을 뿐이야. 그런 것은 필요가 없어. 주인에게 잘 전해주게. 지금까지 러시아에는 배신이라는 것이 없었다고. 그대의 주인이 앞으로 사람을 믿을 수 없게 된다면 그것은 자신이 뿌린 씨라는 것을 알아야 해. 배신이란 어떤 것인가를 방금 자신이 본보기로 보였으니까. 그 본보기는 수백 년에 걸쳐 많은 모방자를 온 러시아에 낳게 되겠지. 난 황금이 필요 없네. 그런 건 없어도 살아갈 수 있지. 내가 황제에게 기대한 것은 황금이 아니라 진리와 정의였네. 그런데 황제는 나를 속였어. 그대의 주인에게, 지겨운 이반 바실리예비치 황제에게 이 말을 전하게. 폐하는 하얀 도시 모스크바에서 양심의 가책을 느끼며 황금의 옷을 입고 앉아 있다고.'

한참 말을 달리다가 사신이 뒤를 돌아보니, 농부도 교회도 사라지고 없었습니다. 쌓여 있던 윗가지도 없었고, 텅 빈 넓은 평지뿐이었습니다. 놀란 사신은 모스크바로 돌아가, 숨을 헐떡이며 황제 앞에 서서 보고 온 것을 이야기했습니다만, 상당히 알아듣기 힘든 말이었습니다. 그리고 그 농부가 사실은 하느님임에 틀림이 없다고 덧붙였습니다."

"그가 한 말은 사실일까요?" 나의 친구는 이야기를 다 듣고 나서 낮은 목소리로 말했다.

"아마도 사실일 것입니다……." 나는 대답했다. "그러나 아시다시피 민중은 미신을 믿습니다. 자, 그럼 이제 가보아야겠습니다, 에발트 씨."

"서운하군요." 다리가 마비된 사람은 솔직하게 말했다. "곧 또 이야기를 들려주십시오."

"좋습니다……. 그런데 조건이 하나 있습니다." 나는 다시 창가로 다가갔다.

"무엇입니까?" 에발트는 놀라는 것 같았다.

"기회가 있으면 동네 아이들에게 모두 이야기해주었으면 합니다." 나는 부탁했다.

"글쎄요, 요즘은 아이들이 별로 오질 않습니다."

나는 위로하듯이 말했다. "틀림없이 올 것입니다. 당신은 요즈음 아이들에게 이야기를 들려주고 싶어하지 않으셨는데, 아마도 이야기의 소재가 없었겠지요. 아니면 소재가 너무 많았든가. 진짜 이야기를 알고 있는 사람이 언제까지나 그것을 마음속에 숨겨둘 수 있다고 생각하십니까? 안 될 것입니다. 이야기는 저절로 퍼져 나갑니다. 특히 아이들 사이에서는요."

"안녕히 가십시오."

그 말을 뒤에 남기고 나는 떠났다. 그런데 아이들은 그날 중으로 이 이야기를 들었다.

티모페이 노인은 어떻게 하여
노래하며 세상을 떠났나

다리가 마비된 사람에게 이야기를 한다는 것은 참으로 즐거운 일이다. 성한 사람들은 마음이 들떠 있어, 무엇을 보는데도 이쪽에서 보는가 하면 저쪽에서 보고 있다. 한 시간쯤 그들을 오른쪽에 두고 함께 걸으면 느닷없이 왼쪽에서 대답이 들려오기도 한다. 그것도 그렇게 하는 것이 보다 예의 바르다든가, 보다 세련된 교양이 있다는 하찮은 생각에서 나오는 행동에 지나지 않는다. 다리가 마비된 사람에게는 그런 걱정이 필요 없다. 움직일 수가 없기 때문에 그들은 참으로 많은 친밀한 관계를 맺고 있는 사물과 같다. 말하자면 다른 것들보다 훨씬 뛰어난 하나의 사물이 되어 있어 가만히 귀 기울일 뿐만 아니라 상냥하고 경건한 감정에 사로잡혀, 때로는 조용한 말로 꺼내면서 열심히 귀 기울여주는 것이다.

나는 친구 에발트에게 이야기를 들려주는 것이 가장 즐겁다. 그래서 그가 오늘도 그 창가에서 "좀 물어볼 것이 있습니다"라고 말했을 때 나는 무척 기뻤다.

나는 급히 그에게로 다가가서 인사를 했다.

"전번에 들려주신 이야기, 그것은 어디에서 나온 이야기지요?"라고 그는 물었다. "책인가요?"

"그렇습니다." 나는 서러운 듯이 대답했다. "그 이야기가 죽은 후에 학자들이 그것을 책 속에 묻었지요. 그리 오래되지는 않았습니다. 백 년 전까지는 아직 살아 있었고, 분명히 아무 걱정도 없이 사람들의 입에 오르내렸습니다. 그러나 지금 쓰이고 있는 이 둔중한, 노래할 수 없는 말이 그 이야기에게는 치명상이었습니다. 이야기를 할 수 있는 입을 하나하나 차례로 빼앗기고, 결국에는 그 이야기도 완전히 영락하고 말았습니다. 그저 하잘것없이 바싹 마른 몇몇 입술 위에서, 마치 과부가 얼마 안 되는 재산을 목숨으로 삼듯이 외롭게 살아남았습니다만, 그대로 후계자도 남기지 않고 죽고 말았습니다. 그래서 말한 대로 동족의 갖가지 이야기가 이미 묻혀 있는 책 속에 그 이야기도 정중하게 묻힌 겁니다."

"그렇다면 상당히 많은 나이에 죽었겠지요?" 친구는 나의 이야기에 고개를 끄덕이며 이렇게 물었다.

"4, 5백 살 정도는 되었을 겁니다." 나는 사실 그대로 전했다. "그러나 이것과 인척 관계인 다른 이야기들은 이것과는 단위가 다른 고령에 이르러 있었습니다."

"뭐라고요? 그렇다면 책 속에서 편히 쉬지도 않습니까?" 에발트는 놀라서 말했다.

나는 설명했다. "내가 알기로 친척들은 줄곧 쉬지 않고 사람들의 입에서 입으로 돌아다녔습니다."

"그러면 한시도 잠을 자지 않았군요."

"아니지요. 노래하는 사람의 입에서 흘러나오면, 때로는 따스하고 어둑어둑한 마음속에 깃들어 있기도 한 모양입니다."

"역시 옛날 사람들은, 노래를 마음에 품고 고요히 잠재울 수 있을 만큼 조용했을까요?" 에발트는 도시 믿을 수가 없는 것 같았다.

"틀림없이 그랬을 것입니다. 사람들의 말에 의하면, 옛날 사람들은 말수도 훨씬 적고 춤을 추어도 하늘거리듯 서서히 고조되어가는 춤밖에 추지 않았던 것 같습니다. 특히, 오늘날에는 일반적으로 높은 교양이 있으면서도 노상 터뜨리는 저 너털웃음 따위를 옛날 사람들은 절대로 웃지 않았다고 합니다."

에발트는 계속해서 무엇을 물으려 하다 참고, 미소를 띠며 "나는 묻기만 해서…… 그러나 당신은 틀림없이 들려줄 이야기를 가지고 있겠지요?"라고 말하고 크게 기대하듯 내 얼굴을 쳐다보왔다.

"이야기가 될지 모르겠지만, 다만 나는 이런 것을 말하고 싶었습니다. 이런 노래가 어떤 가정에서는 다름 아닌 재산상속이었다고 말입니다. 그것을 계승한 자는 또 다음 대(代)로 전합니다. 물론 손도 대지 않고 부질없이 간직해둔 것은 아닙니다. 날마다 사용한 흔적을 남기면서도 조금도 상하지 않게, 마치 때 묻은 성경이 자손만대로 전해지는 것과 마찬가지로 대대로 전수해 갔습니다. 따라서 상속권을 박탈당한 자는 노래할 수가 없었다는 점에서, 노래의 상속권을 받은 형제들과 명확히 구별되었습니다. 설령 노래할 수 있다 해도 아는 것은 할아버지나 아버지에게 전해졌던 노래의 극히 일부분에 지나지 않았고, 실인즉 다른 노래와 함께, 이러한 러시아 민간 영웅 빌리이넨이나 당시 스카스키가 국민들의 마음에 무섭게 호소하는 저 체험이라는 커다란 것도 완전히 놓치고 말았던 것입니다. 그러한 사정 아래서, 이를테면 이 예고르 티모페예비치도 부친 티모페이 노인의 뜻을 거역하고 어느 아름다운 젊은 여자와 결혼하여 서로 손을 맞잡고 키예프로 달아나버렸습니다. 키예프는 성도(聖都)입니다. 그 근처에는 신성정교 교회의 매우 위대한 순교자들의 무덤이 모여 있었습니다. 그런데 부친 티모페이는 주변에 널리 알려진 재능 있는 가수로서 그 이름이 나 있었습니다만, 이런 일이 있은 뒤로 아들을 저주하고 노여움을 참지 못해 그따위 아들은 둔 적이 없다는 말까지 이웃에게 했습니다. 그런 말을 하기는 했지만 그래도 부친이었으므로 이내 달랠 수 없는 원망과 슬픔에 말없이 빠져 들어갔습니다. 그리하여 마치 먼지에 싸인 바이올린 속에 소리가 묻혀버리듯 노인의 몸속에는 많은 노래가 묻혀 있었습니다. 노인은 이러한 노래의 상속자가 되려고 자기 집으로 몰려오는 젊은이들을 모두 매정하게 내쫓아버렸습니다. '아버지, 우리 아버지, 무엇이든 좋으니 하나만이라도 우리에게 노래를 가르쳐주세요. 그것을 가지고 우리끼리 마을을 돌게요. 그러면 날이 저물어 가축들이 제 집에서 잠이 들 무렵 집집마다 정원에서 틀림없이 아버지의 귀에 노래가 들려올 거예요.' 이렇게 말해도, 노인은 언제나 난로에 앉아서 하루 종일 고개를 가로저을 뿐이었습니다. 노인은 이제 귀가 꽤 멀어 있었습니다. 그래서 지금도 노인은 자신의 집 주위에 모여 가만히 귀 기울이고 있는 젊은이들 가운데 하나가 같은 말을 졸라대는지 어떤지 똑똑히 모르면서도 줄곧 백발의 머리를 부들부들 떨며 '안 돼, 안 돼'라고 하다가 어느덧 잠이 들고 말았습니다. 그러나 잠이 들어서도 한참 동안은 머리를 흔들고 있었습니다. 가능하다면 티모페이도 젊은이들의 희망을 쾌히 들어주고 싶었겠지요. 말없는 죽음과 같은 먼지가 이들 노래 위에 반드시 쌓일 테고 그것도 얼마 남지 않은 장래의 일이라고 생각하니, 노인으로서도 역시 유감스러웠습니다. 그러나 그들 젊은이 가운데 하나에게 무엇을 가르치게 되면, 반드시 그때 귀여운 예고르쉬카가 생각날 테고, 그렇게 되면…… 아! 어떻게 되겠습니까? 누구도 노인이 우는 모습을 본 적이 없는 것도 사실은 노인이 여느 때에 과묵했기 때문입니다. 노인으로서는 한 마디라도 말을 하게 된다면 그때에는 흐느끼는 울음밖에 없습니다. 그래서 노인은 언제나 몹시 재빠르게 조심스레 입을 다물지 않을 수 없었습니다. 그렇게 하지 않으면 둑이 터진 것처럼 울음이 말과 함께 왈칵 치밀어 오르기 때문입니다.

티모페이 노인은 외아들 예고르에게 아주 어릴 때부터 노래를 하나하나 가르쳐왔던 것입니다. 예고르가 열다섯 살 소년이 되자, 그 마을 전체는 물론 인근 마을에 사는 장성한 젊은이들도 따를 수 없을 만큼 많은 노래를 바르게 부를 수가 있었습니다. 그래도 축제일 같은 날에 노인은 약간 취기가 돌면 아들을 붙잡고 이런 말을 하곤 했습니다. '귀여운 예고르쉬카야, 나는 지금까지 네가 노래를 부를 수 있도록 많이 가르쳐주었다. 많은 빌리이넨 외에 성도전(聖徒傳)도 말이다. 하루에 하나 꼴이었지. 그러나 너도 알다시피 나는 이 고장에서 제일가는 가수란다. 우리 부친은 온 러시아의 노래는 물론 타타르의 이야기까지 잘 알고 계셨을 정도야. 넌 아직 젊다. 그래서 빌리이넨 중에서도, 성상화(聖像畵)와 같은 말로 되어 있고 보통의 일상어와는 비교도 되지 않는 저 가장 아름다운 빌리이넨은 아직 너에게 하나도 들려주지 않았다. 그리고 또, 카자흐 기병이든 농부든 누구라도 한 번만 들으면 눈물을 흘리지 않을 수 없는 그 곡도 너는 아직 배우지 못한 거야.' 이러한 얘기를 티모페이는 일요일마다, 러시아 달력의 수많은 축제일이 올 때마다 아들에게 들려주었습니다. 그러니까 상당히 자주 되풀이된 셈입니다. 그러다가 아들은 늙은 부친과 심한 말다툼을 한 끝에 가난뱅이 농부의 아름다운 딸 우스첸카와 함께 자취를 감추고 말았던 것입니다.

이러한 일이 있은 지 3년 만에 티모페이는 병이 들었습니다. 마침 넓은 러시아의 각 지방에서 끊임없이 키예프를 향해 가는 많은 순례단을 따라, 이 지방에서도 일행이 떠나려고 하던 참이었습니다. 이웃에 사는 오시프가 병자의 집에 들러서 말했습니다. '티모페이 이바니치여, 나도 순례를 떠납니다. 다시 한 번 당신을 안아보게 해주십시오.' 오시프는 그때까지 노인과 친한 사이는 아니었지만, 막상 먼 길을 떠나려고 하니 노인이 부친처럼 여겨져서 작별 인사를 해야겠다고 생각한 것입니다. '난 몇 번이나 당신을 괴롭혔습니다'라고, 오시프는 흐느껴 울며 말했습니다. '제발 용서해주십시오. 술에 취해서 한 짓이니 탓할 수야 없지 않나요. 난 당신을 위해서 기도드리고 촛불을 하나 올리고 오겠습니다. 그럼 티모페이 이바니치 아버지, 안녕히 계십시오. 하느님의 뜻이라면 틀림없이 다시 튼튼해질 것입니다. 그러면 다시 노래를 불러주십시오. 당신이 노래를 한 지도 상당히 오래되었군요. 정말 좋은 노래였습니다. 이를테면 듀크 스테파노비치의 노래 같은 것. 내가 영영 잊어버렸다고 생각하십니까? 바보 같은 소리 말아요. 아직도 똑똑하게 외고 있습니다. 물론 당신 정도로……. 과연 당신이니까 부를 수 있었습니다. 그것은 인정해야 합니다. 하느님은 당신에게 노래를 베풀어주셨습니다. 다른 사람에게는 또 다른 것을 베풀어주십니다. 가령 나에게는…….'

난로 옆에 누워 있던 노인은 신음 소리를 내며 몸을 뒤치고, 무엇인가 말을 하고 싶어하는 몸짓을 했습니다. 아주 희미하기는 했지만 예고르라는 이름이 들린 듯했습니다. 아마도 노인은 아들에게 무엇을 알리고 싶었던 모양입니다. 그러나 이웃 사람이 문 앞에서 뒤돌아보며 '뭐라고 했나요, 티모페이 이바니치?'라고 물었을 때 노인은 이미 본래대로 조용히 누운 채 그저 힘없이 백발 머리를 저을 뿐이었습니다. 그런데 어떻게 된 일인지, 오시프가 떠나고 1년도 되기 전에 예고르가 아무런 예고도 없이 별안간 돌아왔습니다. 집 안이 이미 어두웠기 때문에 노인은 그가 예고르라는 걸 금방 알아채지 못했습니다. 어릿어릿한 눈이 알지도 못하는 신기한 모습을 그저 억지로 맞아들인 것에 지나지 않았습니다. 그러나 그 알지도 못하는 사람의 목소리를 듣고서 노인은 깜짝 놀라고 말았습니다. 갑자기 난로에서 뛰어내려 비틀거리는 노쇠한 다리로 일어서려고 하는 것을 예고르가 부축했습니다. 아버지와 아들은 서로 꼭 껴안았습니다. 티모페이는 울고 있었습니다. 아들이 성급히 물었습니다. '아버지, 오랫동안 편찮으셨나요?' 노인은 마음이 조금 가라앉자 난로 옆으로 돌아가서 지금까지와는 달리 엄한 어조로 캐물었습니다. '그런데 네 아내는 어떻게 되었지?' 침묵이 이어졌습니다. 이윽고 예고르가 내뱉듯이 말했습니다. '아이와 함께 내쫓았지요.' 그러고는 다시 한참 동안 입을 다물었다가 말했습니다. '언젠가 오시프가 찾아왔어요. 오시프 니키포로비치가 아니냐고 물었더니, 그렇다고 대답하더군요. 그 오시프가, 너의 부친이 앓아 누웠어, 예고르. 이젠 노래도 부를 수 없게 됐어. 지금 마을은 고양이 새끼 하나 없을 정도로 한적해. 우리 마을이 말이야. 문을 두드리는 사람도 없고 몸을 움직이는 사람도 없어. 이젠 울려고 해도 울 수가 없고 웃으려 해도 웃음거리가 없어, 라고 말하더군요. 그래서 전 곰곰 생각했지요. 대체 어떻게 하면 좋을까 하고요. 그리고 아내를 불렀지요. 우스첸가, 하고 저는 말했어요. 난 고향으로 돌아가야겠어, 이제 마을에 노래 부르는 사람이 없어졌대. 내 차례가 되었어. 아버지가 편찮으셔, 라고 말이지요. 그러자 우스첸카가 좋아요, 라고 하더군요. 하지만 너를 데리고 갈 수는 없어, 라고 저는 이유를 설명했지요. 너도 알다시피 아버지는 너를 싫어해. 나도 일단 돌아가서 노래를 부르게 되면 다시는 너에게로 못 돌아올지도 몰라. 이렇게 말하자, 우스첸카는 잘 알아듣고서, 그럼 안녕히 가세요. 여긴 지금 순례자가 많아서 동냥도 많이 얻을 수 있어요. 반드시 하느님이 도와주실 거예요, 예고르, 하고 말하기에

저도 마음 편히 떠나왔지요. 자, 아버지, 알고 계신 노래를 모두 저에게 가르쳐주세요.'

예고르가 돌아오고, 티모페이 노인이 다시 노래를 부르기 시작했다는 소문이 퍼졌습니다. 그러나 그해 가을은 바람이 몹시 심하게 온 마을에 불었기 때문에 티모페이의 집에서 정말로 노래를 부르고 있는지 어떤지를, 근처를 지나는 사람도 누구 하나 확인할 수가 없었습니다. 그리고 문도 굳게 닫힌 채 누가 두드려도 열어주지 않았습니다. 두 부자는 단둘이만 있고 싶었던 것입니다. 예고르는 아버지가 누워 있는 난롯가에 걸터앉아서, 때때로 노인의 입에 귀를 갖다 댑니다. 왜냐하면 노인은 정말로 노래를 부르고 있었기 때문입니다. 티모페이의 노쇠한 목소리는 약간 찢어져서 떨리는 듯한 감을 주었지만, 더없이 아름다운 갖가지 노래를 예고르에게 가르치고 있었습니다. 그러면 예고르는 마치 자기가 노래하듯 머리를 흔들며 축 늘어뜨린 두 다리를 움직거렸습니다. 이렇게 많은 날이 지나갔습니다. 티모페이는 언제까지나 자기 기억 속에 아직도 더 아름다운 노래가 남아 있다고 느꼈습니다. 그래서 때때로 노인은 한밤중이라도 아들을 깨워서, 쭈글쭈글하고 떨리는 손으로 무슨 애매한 손짓을 하면서 짧은 노래를 하나 들려주었습니다. 그것이 끝나면 또 하나, 또 하나, 이렇게 하여 긴긴 겨울밤이 지나 드디어 아침이 될 때까지 계속되는 것이었습니다. 이리하여 그중에서도 가장 아름다운 노래를 부르고 나서 노인은 얼마 후에 세상을 떠났습니다. 죽기 전 며칠 동안은 몇 번이고 되풀이해서, 아직도 노래가 많은데 이제 아들에게 전해줄 시간이 없다고 호소하며, 아주 언짢은 듯이 한탄했습니다. 그럴 때 노인은 이마에 주름살을 지으며 불안 스러운 듯한 명상에 잠겼습니다. 노인의 입술은 기대에 부풀어 부들부들 떨렸습니다. 때때로 생각난 듯이 난로 옆에 일어나 앉아서 잠시 동안 머리를 흔들고 입을 움직거리곤 했습니다. 그러면 겨우 희미한 노랫소리가 나오기는 하지만, 그 무렵에는 대개 노인이 각별히 좋아하던 듀크 스테파노비치의 같은 대목을 되풀이할 뿐이었습니다. 여기에는 아들도 놀랐습니다마는, 노인을 화나게 하지 않으려고 처음 듣는 것처럼 하지 않을 수 없었습니다.

티모페이 이바니치 노인이 세상을 떠나고, 이제 예고르가 혼자 살고 있는 집은 그 후도 한참 동안이나 문이 닫혀 있었습니다. 마침내 봄이 오자, 상당히 긴 수염을 기른 예고르 티모페예비치는 집을 나섰습니다. 그러고는 온 마을을 여기저기 돌아다니며 노래를 부르기 시작했습니다. 나중에는 이웃 마을에도 갔습니다. 농부들은 벌써 예고르가 아버지 티모페이 못지않은 가수가 되었다고들 말했습니다. 왜냐하면 수많은 장중하고 웅장한 노래는 물론 카자흐 기병도, 또 농부도 눈물 없이는 들을 수 없는 저 많은 곡을 죄다 알고 있었기 때문입니다. 뿐만 아니라 예고르는 여태까지의 가수들에게서는 한 번도 들어보지 못한 부드럽고 애수 띤 목청을 가졌던 것입니다. 더구나 이 목청은 언제나 뜻하지 않게 되풀이되는 대목에서 나타나 듣는 사람의 마음을 각별히 감동적으로 뒤흔들었습니다. 적어도 나는 그렇게 전해 들었습니다."

"그렇다면 그 목청은 예고르가 부친에게서 배운 것이 아니겠군요." 친구 에발트는 잠시 후에 이렇게 말했다.

"그렇습니다." 나는 대답했다. "어디서 그런 목청이 나왔는지 전혀 알 수가 없었습니다."

내가 창가에서 떠나자, 다리가 마비된 사람은 다시 손을 흔들어 돌아가는 나를 불러 말했다. "틀림없이 처자식을 생각하고 있었을 겁니다. 그것은 그렇다 치고, 부친이 세상을 떠난 후에도 결국은 처자식을 불러들이지 않았나요?"

"네, 그런 것 같습니다. 아무튼 몇 년 후 예고르가 죽었을 때, 그는 혼자였습니다."

정의의 노래

다음번에 에발트의 창문 앞을 지나갔을 때, 에발트는 나에게 손짓을 하며 미소를 지었다. "아이들에게 무슨 분명한 약속이라도 하셨습니까?"

"왜 그러시죠?" 나는 어안이 벙벙했다.

"다름이 아니라, 제가 아이들에게 예고르의 이야기를 들려주었더니, 그 이야기에는 하느님이 나오지 않는다고 투덜대는 거예요."

나는 깜짝 놀랐다. "뭐라고요, 하느님이 나오지 않는 이야기라고요? 도대체 그런 이야기가 있을 수 있을까요?" 이렇게 말을 했지만 나는 되새겨보았다. "사실 아이들의 말이 옳습니다. 지금 생각해보니 그 이야기에는 아무 데도 하느님이 나오지 않았군요. 어쩌다 그렇게 되었는지는 나도 모르겠습니다. 가령 누가 일부러, 하느님이 나오지 않는 이야기를 해달라고 해도, 내가 평생 동안 머리를 짜내도 아마 할 수 없을 것입니다……."

내가 이렇게 열을 올리자 친구는 미소를 지으며 "그런 일로 흥분해서는 안 되지요"라고 가볍게 위로하듯이 나를 가로막고는 말했다. "내 생각으로는, 이야기 속에 하느님이 나오느냐 안 나오느냐는, 그 이야기가 완전히 끝난 다음이 아니면 알 수 없을 것 같습니다. 가령 이야기의 끝맺음까지 두어 마디라도 아직 남아 있다면, 아니 그뿐만 아니라, 이야기가 끝나고 여운만이 남아 있을 때라도 하느님이 나올 가능성은 있는 것이니까요." 내가 고개를 끄덕이자 다리가 마비된 사람이 말투를 바꾸어 말했다. "러시아의 그런 가수들에 대해서 무언가 좀 더 아는 것이 없습니까?"

나는 대답을 망설였다. "네, 그보다도 하느님 이야기나 합시다, 에발트 씨."

그러자 그는 머리를 저으며 "아니 나로서는 저 색다른 사람들에 대해 더 알고 싶습니다. 왠지는 모르겠지만 그러한 사람이 혹시나 내 방에 들어올지도 모른다고 늘 마음속으로 생각하고는……." 이렇게 말하고 그는 방 입구 쪽을 뒤돌아보았으나 곧 다시 나에게로 눈을 돌렸다. 그러나 당황하는 빛을 감출 수는 없었다. "하지만 역시 터무니없는 일이겠지요"라고 에발트는 급히 정정했다.

"어째서 터무니없는 일입니까, 에발트 씨? 두 다리를 마음대로 쓸 수 있는 사람에게는 거부되는 일이라도 당신에게는 뜻밖에도 일어날 수가 있습니다. 정상적인 사람들은 어설피 두 다리를 쓸 수 있어서 많은 것을 무심코 지나쳐버린다든가, 혹은 여러 가지 것을 피해 다니고 있습니다. 그러나 에발트 씨, 당신은 이 황망함 속에 위치하는 정지의 한 점이 되도록 하느님이 정해주신 것입니다. 모든 것이 당신을 중심으로 움직이고 있다고 느끼지 않습니까? 정상적인 사람들은 달아나는 나날을 열심히 뒤쫓고 있습니다. 간신히 그중 하루에 따라붙었을 때에는 이제 완전히 숨이 차서, 모처럼 따라붙은 하루와 한마디도 말을 할 수가 없습니다. 이와는 반대로 당신은 그처럼 소탈하게 창가에 앉아서 가만히 기다립니다. 기다리는 사람에게는 반드시 무언가 찾아오게 마련입니다. 당신에게는 아주 각별한 운명이 주어져 있습니다. 자, 생각해보십시오. 모스크바에 있는 이베리아의 성모님도 안치되어 있는 예배당에서 외출을 하셔야 합니다. 네 필의 말이 끄는 검은 마차를 타시고 세례든 장례든 무슨 의식을 행해야 할 사람이 있으면 수고스럽게도 그들에게 가시는 것입니다. 그러나 당신은 가만히 앉아 있어도 모든 것이 스스로 와줍니다……."

"그렇습니다." 에발트는 가벼운 냉소를 띠며 말했다. "나는 죽음도 맞으러 갈 수가 없습니다. 세상에는 도중에서 뜻밖의 죽음을 만나는 사람도 많은 것 같습니다. 죽음이 스스로 사람들의 집까지 찾아가기가 싫은 모양이지요. 집에 있는 사람들을 타향으로 불러낸다든가, 전쟁에 끌어낸다든가, 혹은 우뚝 솟은 탑 꼭대기나 흔들거리는 다리 위로 불러낸다든가, 때로는 사막이나 광기의 어둠 속에까지 불러들이고 있습니다. 적어도 대부분의 사람은 집 밖 어딘가에서 죽음을 맞고도 그것을 모르고, 어깨에 짊어지고 집으로 데려옵니다. 죽음은 실로 게으름뱅이니까요. 사람이 노상 죽음을 집적거리고 있으니 망정이지 그렇지 않다면 죽음은 잠들어버릴지도 모릅니다." 불구자는 거기까지 말하고 잠시 생각에 잠겼다가, 이윽고 자랑스럽게 말을 이었다. "그런데 나의 경우는 죽음이 나를 원한다면 직접 찾아와야 합니다. 꽃이 언제나 이렇게 오래 피어 있는 이 밝고 작은 방으로 들어와서 이 낡은 융단을 밟고 찬장 앞을 지나서 침대 모퉁이와 테이블 틈을 통과해 (이곳을 빠져나가기란 여간 어렵지가 않지만 아무튼) 내가 줄곧 애용하는 폭넓은 의자가 있는 데까지 와야 합니다. 그때에는 말하자면 나와 생활을 함께해온 이 낡은 의자도 아마 나와 함께 죽을 것입니다. 죽음은 지금 말한 모든 것을 아주 예사롭고 아무렇지도 않은 방법으로 요란한 소리도 내지 않고, 여기 널려 있는 물건을 하나도 흩뜨리지 않고, 엉뚱한 짓도 하지 않고, 잠깐 방문하기라도 한 듯 잘 해내야 합니다. 이런 것을 생각하면, 이 방과 나 사이에는 묘하게 거리감이 없어집니다. 모든 것이 이 좁은 무대에서 연출된다고 생각하니, 그 마지막 장면도 지금까지 여기서 일어났고 또 여기서 일어날 다른 갖가지 일들과 별로 다를 바가 없다고 생각됩니다. 나는 이미 어릴 때부터, 어른들이 죽음에 대해서는 다른 일과 전혀 다르게 이야기하는 것이 늘 기묘하게 느껴졌습니다. 누구나가 금후 자기 몸에 일어날 일에 대해서는 조금도 남에게 알리려 하지 않기 때문에 그렇게 되어버리는 것입니다. 하지만 죽은 사람이라고 해도, 오랫동안 해결할 수 없어서 괴로워하던 일을 냉정하게 생각해보기 위해 속세를 버리고 진지하게 홀로 틀어박힌 사람과 도대체 무엇이 다르겠습니까? 속세의 사람들 속에서는 주기도문도 생각해낼 수가 없습니다. 더구나 말 속에서가 아니라, 아마도 일어난 일 속에서 성립될 보다 희미한 다른 관계에 있어서는 말할 나위도 없습니다. 그러므로 홀로 떨어져서 어딘가 이르기 어려운 정적 속으로 들어가야 하는 것이지요. 죽은 사람이란 아마도 삶을 깊이 생각하기 위하여 은퇴한 사람들이 아닌가 합니다."

한동안 침묵이 계속되었다. 나는 그 침묵을 깨뜨리고 이렇게 말했다. "그 말을 들으니 어느 젊은 처녀를 생각하지 않을 수 없습니다. 이 세상에서 그녀의 명랑한 생활이 시작된 최초의 17년 간은 오로지 보는 것으로만 지냈다고 해도 좋을 정도였습니다. 그녀의 둥글고 자극적인 눈은 맞아들인 것 모두를 독력으로 소비했습니다. 그러나 묘령의 몸에 깃든 생명은 이러한 눈의 활동과는 관계없이 내면의 순진한 술렁임 속에서 홀로 자라나고 있었습니다. 그런데 이러한 시기가 끝날 무렵에 무슨 격렬한 사건이 일어나서 이 안팎, 이중이면서도 서로 거의 맞닿은 일이 없던 생활을 완전히 교란시키고 말았습니다. 눈은 우묵하게 패어 외부의 전 중량이 눈을 지나 어두운 마음속으로 떨어집니다. 하루하루가 이러한 무게로 낭떠러지처럼 깊고 험한 눈매 속으로 떨어져 내리면, 그 여세로 좁은 가슴속에서 하루하루가 유리처럼 산산이 부서져버리는 것이었습니다. 그 때문에 젊은 처녀는 창백해지고 곧 병이 들어 고독을 찾아서 생각에 잠기게 되었습니다. 그리하여 결국에는 더 이상 생각이 교란될 염려가 없는 저 정적을 희구하게 되었던 것입니다."

"어떻게 죽었나요?" 이렇게 묻는 에발트의 목소리는 낮고 약간 잠겨 있었다.

"물에 빠져 죽었습니다. 어느 깊고 고요한 늪에 몸을 던져서. 그때 수면에 몇 겹이나 파문이 생기고 그것이 천천히 퍼져 연꽃 아래까지 번져가자, 물에 뜬 이 흰 꽃이 일제히 흔들거렸습니다."

"그것도 역시 이야기입니까?" 에발트는 내가 말한 다음에 깊어가는 침묵에 눌리지 않으려고 이렇게 말했다.

"아닙니다." 나는 대답했다. "하나의 감정입니다."

"그렇다면 아이들에게 전해주기도 어려울까요…… 그 감정을?"

나는 곰곰 생각했다. "어떻게 될 것 같습니다……."

"그럼 어떤 방법으로?"

"다른 이야기를 통해서 하면 되겠지요." 이렇게 말하고 나는 이야기를 시작했다. "남부 러시아에서 해방 전쟁이 일어났을 무렵입니다."

"실례입니다만" 하고 에발트가 말했다. "그것은 무슨 뜻이지요? 국민이 황제로부터의 해방을 바란다는 것입니까? 그렇다면 내가 늘 러시아에 대해 품고 있던 생각과 들어맞지가 않고, 또 당신이 지금까지 한 이야기와도 어쩐지 모순되는 것 같습니다. 그렇다면 나는 차라리 이 이야기를 안 듣고 싶군요. 다름이 아닙니다. 지금까지 그곳의 사물에 대해서 마음속에 그려온 이미지를 나는 지금도 사랑하고, 그것을 훼손하고 싶지 않기 때문입니다."

나는 부지중에 미소를 띠며 그를 달랬다. "일반적으로 판이라 불리던 폴란드의 영주들이(나는 여기서부터 이야기를 꺼내야 했습니다) 남부 러시아에서 우크라이나라고 불리는 황량한 초원 지대에 걸친 지배자였습니다. 더구나 가혹한 지배자였습니다. 그들 영주의 압제와 교회의 열쇠까지도 손아귀에 넣고 아무리 정교도일지라도 돈을 내지 않으면 결코 열쇠를 주지 않았던 유대인들의 탐욕, 이 두 가지가 하나가 되어, 키예프 부근은 물론이고 그보다도 위로 거슬러 올라가서 드네프르 강의 모든 유역에 사는

66

젊은 백성들을 완전히 피폐시키고 심한 곤궁에 빠뜨렸던 것입니다. 키예프는 성도로서 유명하고, 백이 넘는 교회가 있어서 러시아가 늘 으뜸으로 자랑하는 도시였습니다만, 하루하루 쇠퇴의 길을 걸을 수밖에 없었고 큰 화제가 여러 번 잇달아 일어나서 불타버리고 말았습니다. 그것은 마치 홀연히 미친 듯한 망상에 빠져서 그저 끝없는 캄캄한 밤에 둘러싸인 것과 같았습니다. 그 무렵 초원의 주민들은 그쪽에서 어떤 일이 일어나고 있는지 물론 알 수가 없었습니다. 그러나 왠지 이상한 불안에 휩싸여, 밤이 되면 노인들이 집을 빠져나가서 영원히 바람이 없는 높은 하늘을 묵묵히 바라보았고, 또 낮에는 순탄하게 퍼져가는 원경을 바라보며 무엇을 기다리듯 솟아 있는 여기저기의 고분 위에 드문드문 사람의 그림자가 나타나는 것을 곧잘 볼 수 있었습니다. 이들 고분은 옛사람들의 무덤이었습니다. 더구나 그 무덤은 넓은 황야에 꾸불꾸불 마치 밀려오는 물결이 얼어붙어서 그대로 잠들어 있는 듯 끝없이 계속되었습니다. 무덤이 산을 이루고 있는 이 지방에서 인간은 바로 심연이었습니다. 주민들은 모두가 속을 알 수 없으며 음울하고 과묵합니다. 그들이 말하는 몇 마디 말도, 말하자면 그들의 참다운 존재 위에서 흔들거리는 불안한 다리에 지나지 않습니다. 때때로 고분에서 검은 새가 날아오르는 일이 있습니다. 그런가 하면 또 새가 하늘에서 행방불명이 되듯이 거친 노래가 저물어가는 사람들 속에 밀려들어 그들의 내부 깊숙이 사라져갑니다. 여기에서는 모든 것이 모든 방향으로 끝없이 열려 있는 것 같습니다. 집도 이 무궁에 대해서는 방어의 근거가 되지 못합니다. 집의 작은 창문은 모두가 무궁을 가득히 품고 있습니다. 다만 어둑어둑한 방 안 한구석에 하느님에게로 가는 이정표처럼 낡은 성상화(聖像畵)가 몇 개 걸려 있어서, 마치 길 잃은 어린이가 별이 반짝이는 밤하늘을 가듯이 희미한 불빛어 그 액자를 타고 흐를 뿐입니다. 이들 성상화야말로 유일한 근거이고, 길을 가는 자에게는 믿을 수 있는 유일한 이정표입니다. 어느 가정이나 이것이 없이는 살아갈 수가 없습니다. 그래서 자꾸만 이러한 성상화가 필요해집니다. 낡고 벌레가 먹어서 그중 하나가 파손되었을 때는 물론이고, 누가 결혼을 해서 자기 집을 신축했을 때도 새것이 필요합니다. 그리고 아브라함 노인처럼, 합장한 손에 기적의 구현자인 성 니콜라우스의 초상을 품은 채 세상을 떠나고 싶다고 간곡히 유언한 사람이 죽으면 역시 성상화가 필요해지는 것입니다. 틀림없이 이 노인은 천국에 있는 많은 성자들과 자기가 가진 성상화를 맞추어 보아서, 자기가 평소에 특히 숭배하던 분이 어디에 계신가를 제일 먼저 알고 싶었을 것입니다.

이러한 연유로 본업은 구두장이인 페테르 아키모비치가 성상화도 그리게 되었습니다. 페테르는 한쪽 일에 지치면 성호를 세 번 긋고 나서 다른 일로 바꿉니다. 바늘로 깁고 망치로 두드릴 때나, 열심히 그림을 그릴 때나, 언제나 변함없는 경건한 마음이 그의 작업에 깃들어 있습니다. 페테르는 지금 완전히 노인이지만, 그래도 나이와는 달리 건장합니다. 구두를 덮을 듯이 구부린 등을 그림 앞에서는 꼿꼿이 일으켜 세웁니다. 이렇게 좋은 자세를 유지하면서 어깨와 허리 근처에 균형을 잡고 있습니다. 페테르는 평생의 대부분을 혼자 지내왔습니다. 아내 아쿨리나가 차례차례 아이를 낳고, 아이들 중에는 죽는 자도 결혼하는 자도 있었지만, 그런 일에서 비롯되는 동요에는 일절 말려든 적이 없었습니다. 일흔 살을 맞이하고 나서야 비로소 페테르는 그때 집에 남아 있던 자들과 교섭을 갖게 되었습니다. 그 나이가 되어서야 비로소 집안사람들을 알게 되고, 가족이 실제로 존재했다는 것을 알게 된 것입니다. 가족이란 아이들을 위하여 몸도 마음도 다 써버린 조용하고 경건한 아내 아쿨리나, 혼기를 놓쳐버린 못생긴 딸, 그리고 격에 맞지 않게 만년에 낳은 겨우 열일곱 살 된 아들 알료샤가 전부였습니다. 알료샤에게 그림을 가르치는 것이 페테르의 염원이었습니다. 왜냐하면 앞으로 얼마 안 가서 자기 혼자의 손으로는 도저히 주문에 모두 응할 수가 없다는 것을 알았기 때문입니다. 그러나 얼마 후에 페테르는 아들에게 그림 가르치기를 단념했습니다. 알료샤는 물론 성처녀 마리아를 그리기는 했지만, 엄정 정확한 그림본에 도저히 미치지 못할 뿐만 아니라, 완성된 것이 카자흐 기병인 골로코피텡코의 딸 마리아나의 모습과 너무 닮아서 몹시 추한 느낌이 들었기 때문입니다. 그래서 페테르 노인은 여러 번 성호를 긋고 나서, 급히 그 더럽혀진 화판 위에 성 드미트리의 초상을 그렸습니다. 왠지 모르지만 노인은 이 성자를 다른 성자보다도 좋아했습니다.

알료샤도 다시는 그림을 그리려 하지 않았습니다. 성자의 후광을 금빛으로 칠하는 일을 아버지가 시켰을 때 말고는 대개 초원에 나가 있었습니다. 어디서 무엇을 하는지 아무도 몰랐습니다. 그를 집에 붙잡아두는 사람도 없었습니다. 어머니는 알료샤를 완전히 괴짜 취급 하면서, 마치 낯선 사람이나 관리를 대하듯 그와 이야기하기를 꺼렸습니다. 누나는 동생이 어렸을 때 동생을 곧잘 때리기도 했지만, 동생이 자란 후에는 동생을 아주 경멸하기 시작했습니다. 알료샤가 자기를 같이 때리지 않았기 때문입니다. 그런데 마을에서도 이 젊은이에게 관심을 갖는 사람은 하나도 없었습니다. 언젠가 알료샤가 마리아나를 붙들고 결혼하고 싶다고 고백했을 때도 상대방은 웃기만 할 뿐 제대로 상대도 해주지 않았습니다. 그 후로 알료샤는 다른 처녀들에게 자기를 신랑으로 삼지 않겠느냐고 물어보지도 않았습니다. 물론 자포로게른 기병대가 주둔한 본영으로 데리고 가려는 사람도 없었습니다. 누가 보아도 허약한 체격인 데다 나이도 아직 어렸기 때문일 것입니다. 언젠가 집을 떠나 근처 수도원에 가서 매달린 적도 있었지만, 수도사들이 받아주지 않았습니다. 이리하여 알료샤에게

남은 것이라곤 오직 황야뿐이었습니다. 광막하고 물결처럼 출렁이는 황야입니다. 언젠가 사냥꾼이 그에게 낡은 총 한 자루를 주었습니다. 어떤 탄환인지는 모르지만, 아무튼 탄환이 장전되어 있었습니다. 그 후로 알료샤는 언제나 이 총을 끌고 다녔습니다. 그러나 한 번도 쏜 적은 없었습니다. 첫째로는 탄환을 소중히 남겨두려 했기 때문이고, 둘째로는 어떤 경우에 쏘아야 좋은지 자기도 몰랐기 때문입니다. 첫여름의 어느 따스하고 조용한 밤이었습니다. 마침 온 가족이 건목 친 식탁에 앉아 있었습니다. 식탁에는 탄 보리 죽을 담은 사발이 하나 놓여 있었습니다. 페테르가 먹고 있었습니다. 다른 사람들은 그것을 지켜보며, 페테르가 먹다 남기기를 기다렸습니다. 갑자기 노인이 숟가락을 허공에 멈추고, 마침 문에서 새어들어 식탁 위를 비스듬히 흐르며 어스름 속을 빠져나가는 한 가닥의 빛 속에 커다란 주름투성이 머리를 내밀었습니다. 모두 일제히 귀를 기울였습니다. 집 담장 밖에서 술렁거리는 소리가 들립니다. 밤새가 날개로 가볍게 들보를 문지르는 듯한 소리입니다. 그러나 해가 아직 다 저물지 않았고, 밤새가 마을 가운데까지 날아오는 것도 극히 드문 일입니다. 그러자 이번에는 다른 무슨 큰 짐승 같은 것이 집 둘레를 뚜벅뚜벅 걸어 다니고, 그 짐승이 무엇을 찾는 듯한 발소리가 사방의 벽에서 동시에 들려오는 듯했습니다. 알료샤가 가만히 걸상에서 일어났습니다. 바로 그때, 문 근처가 키 큰 무슨 새까만 것 때문에 깜깜해졌습니다. 그와 동시에 그 이상한 그림자가 저녁 어스름을 완전히 쫓아버리고 깜깜한 밤을 집 안으로 몰고 오면서, 거대한 모습에 비해서는 어설픈 걸음걸이로 다가옵니다. '오스타프 녀석이야'라고 못생긴 누나가 독살스럽게 말했습니다. 그래서 모두가 상대의 정체를 알게 되었습니다. 그는 눈먼 가수로서, 코브차르라고 불리는 사람이었습니다. 우크라이나 특유의 악기인 열두 현의 반두라 같은 것을 가지고 마을에서 마을로 다니며, 카자흐 기병대의 위대한 영예, 용기와 충성, 카자흐 기병대장 키르쟈가, 쿠쿠벵코, 불바와 그 밖의 영웅들에 대한 노래를 불러서 듣는 사람의 귀를 즐겁게 해주는 노인입니다. 오스타프는 성상화가 걸려 있다고 생각되는 쪽으로 공손하게 머리를 세 번 숙였습니다(그런데 오스타프가 무심코 그렇게 마주 선 성상화에는 성녀 츠나멘스카야가 그려져 있었습니다). 그러고는 난롯가에 앉아, 오스타프는 낮은 목소리로 물었습니다. '도대체 난 지금 어느 분의 집에 있지?' '우리 집이에요, 아버지. 구두장이 페테르 아키모비치의 집이에요.' 페테르는 다정하게 대답했습니다. 평소에 노래를 좋아하는 페테르는 이 뜻밖의 방문을 기뻐했습니다. '아, 페테르 아키모비치라면 그림을 그리는 분이군.' 장님도 호의를 보이려고 이렇게 말했습니다. 방 안이 갑자기 잠잠해졌습니다. 이윽고 반두라의 긴 여섯 현 사이에서 하나의 화음이 시작됩니다. 그 소리가 차츰 신나게 높아가자, 이번에는 짧은 여섯 현에 의해서 짧게 꺼질 듯이 되돌아옵니다. 그리고 이 효과가 점점 박자를 빨리하여 되풀이되었기 때문에 미친 듯이 높아가는 멜로디가 어딘가에서 화살처럼 떨어지는 것을 보기가 불안하여 마침내 모두 눈을 감지 않을 수가 없었습니다. 그러자 그때 곡이 일시에 멎고 연주자의 아름답고 묵직한 목소리에 차례를 양보했습니다. 그 목소리는 이윽고 집안 가득 넘쳐서 가까운 집들에서도 사람들을 불러내어, 방문 앞이나 창문 아래로 모여들게 했습니다. 그런데 이번에는 영웅의 노래가 나오지 않습니다. 이미 불바나 오스트라니차나 날리바이코의 영예는 확고부동한 것 같습니다. 카자흐 기병대의 충성은 언제까지나 불멸의 빛이 되어 빛나고 있는 것 같습니다. 오늘의 노래는 그들의 공적을 다룬 것이 아니었습니다. 오늘의 노래를 들은 사람의 가슴속에는 여느 때보다도 깊이 춤이 잠들어버린 것 같았습니다. 왜냐하면 발을 움직거리거나 손을 쳐드는 사람이 하나도 없었기 때문입니다. 오스타프의 머리도 다른 사람의 머리도 다 같이 깊이 숙여져서 애수 띤 노래 때문에 더욱더 무거워질 뿐입니다.

'이제 이 세상에 정의는 없다. 정의, 아, 정의를 어디서 찾을 수 있을까. 이제 이 세상에 정의는 없다. 정의는 모두 부정의 법률에 굴복해버렸는가.

가엾어라, 지금 정의는 감옥에 묶이고, 우리가 본 것은 곳곳에서 정의를 비웃는 부정의 모습. 부정은 영주들과 한패가 되어 황금 의자에서 뻐기고 있다. 황금 방에서 영주들과 함께 뻐기고 있다.

보라, 정의가 문지방에 엎드려서 애원하고 있는 것을. 영주의 성에서는 악랄한 부정이 언제나 상손님. 영주는 웃으며 궁전으로 맞아들여 넘실넘실 넘치는 술잔을 권한다.

오, 정의여. 그리운 어머니여. 독수리와 같은 날개를 되찾으라. 희망을 잃지 말라. 올바르게 살고자 하는 자가 당장에 나올지도 모른다. 그때는 하느님, 힘을 주소서. 하느님만이 가지신 힘으로 올바른 사람의 나날을 고난 없게 하소서.'

한참이 지나서 겨우, 모두가 안타깝게 얼굴을 들었습니다. 이마마다 굳어버린 침묵이 감돌았습니다. 말을 하려던 사람도 그것을 깨달았습니다. 엄숙한 고요는 다시 시작되었습니다. 이번에는 점점 불어난 군중도 그 의미를 훨씬 잘 알 수가 있었습니다. 오스타프는 세 번 되풀이해서 정의의 노래를 불렀습니다. 그때마다 노래하는 투도 달랐습니다. 첫 번째는 비탄이었던 것이 두 번째는 비난으로 변해 있었습니다. 그리하여 드디어 세 번째가 되어서 이 코브차르가 앙연히 머리를 들고 한마디의 짧은 명령처럼 소리쳤을 때, 그 떨리는 말에서 무시무시한 분노가 솟아, 모여든 사람들의 마음을 사로잡아서, 도취와 불안에 뒤섞인 감격의 경지로 휩쓸어 갔던 것입니다.

'남자들은 어디에 모이는가?' 노래하는 사람이 일어섰을 때,

젊은 농부 한 사람이 물었습니다. 카자흐 기병대의 모든 동정에 정통한 늙은 코브차르는 인근 마을의 이름을 말했습니다. 남자들은 즉시 흩어져 갔습니다. 짤막하게 외치는 소리가 들리고, 무기가 오가고, 아내들은 집 앞에 서서 울었습니다. 그리고 한 시간 후에는 무장한 농민 한 무리가 마을을 출발하여 체르니코프를 향해 나아갔습니다. 페테르는 늙은 코브차르에게 과실주를 한 잔 대접했습니다. 여러 가지 더 물어보려고 생각했기 때문입니다. 상대는 앉아서 술을 마셨습니다만, 구두장이가 쉴 새 없이 묻는 말에 대해선 그저 쌀쌀맞게만 대답할 뿐이었습니다. 이윽고 인사를 하고 떠나버리고 말았습니다. 알료샤는 장님의 손을 이끌고 바깥까지 부축해 나갔습니다. 두 사람이 바깥 어둠 속에서 서로 마주 섰을 때, 알료샤가 물었습니다. '누구든 전쟁에 나갈 수 있나요?' '있고말고.' 이렇게 대답하고 노인은 밤에도 눈이 보이는지 성큼성큼 나아가더니, 이내 사라지고 말았습니다.

모두가 잠든 무렵, 알료샤는 난롯가에서 옷을 입은 채로 누워 있던 몸을 일으켜 총을 집어 들고 집을 빠져나갔습니다. 집 밖으로 나서자 알료샤는 갑자기 누군가에게 끌어안겨 머리카락에 상냥한 키스를 받았습니다. 달빛 속에 종종걸음으로 급히 집으로 달려가는 모습을 보고, 이내 아쿨리나라는 것을 알았습니다. '아, 어머니.' 알료샤는 깜짝 놀라 소리를 질렀습니다. 그리고는 아주 기묘한 생각이 들었습니다. 잠시 동안은 그 자리에서 망설이고 있었습니다. 어디에서 문이 열렸는지, 근처에서 개가 몹시 짖어댔습니다. 그래서 알료샤는 총을 둘러메고 힘찬 걸음으로 성큼성큼 앞으로 나아갔습니다. 날이 새기 전에 먼저 떠난 사람들을 따라붙을 생각이었기 때문입니다. 집에서는 모두 알료샤가 없어진 것을 모르는 척했습니다. 다만 온 가족이 다시 식탁에 앉게 되어 페테르의 눈이 빈자리에 멎었을 때, 페테르는 다시 식탁에서 일어나서 방 한쪽 구석으로 가 양초 한 자루에 불을 붙이고 그것을 성녀 츠나멘스카야 앞에 세웠습니다. 아주 가느다란 양초였습니다. 얼굴이 못생긴 딸은 어깨를 으쓱했습니다.

그 무렵 눈먼 노인 오스타프는 벌써 이웃 마을을 지나며, 부드럽고 애달픈 목소리로 서럽게 정의의 노래를 부르고 있었습니다."

이야기가 다 끝나고도 다리가 마비된 사람은 한참 동안을 기다렸다. 그러고는 어이가 없다는 듯이 나를 빤히 쳐다보았다. "왜 끝을 맺지 않습니까. 배신 이야기 때와 마찬가지군요. 이 노인이 하느님이었단 거죠?"

"아니, 그런 줄은 몰랐습니다." 이렇게 대답하며 나는 등골이 싸늘한 듯 몸을 떨었다.

베네치아의 유대인 거리에
있었던 정경(情景)

바움 씨는 호주, 구장, 의용소방대의 명예대장일 뿐만 아니라, 그 밖에도 여러 가지 직함을 가지고 있다. 어쨌든 이 바움 씨가 나와 에발트의 대화를 엿들은 모양이다. 물론 이상할 것도 없다. 1층에 내 친구가 살고 있는 그 건물은 바움 씨의 소유이기 때문이다. 바움 씨와 나는 오래전부터 서로 알고 지내는 사이다. 그런데 며칠 전의 일이다. 구장님이 갑자기 멈추어 서서 모자를 약간 쳐들었다. 모자 속에 작은 새라도 잡혀 있었더라면, 그 기회에 아마도 날아가버렸을 것이다.

구장님은 다정하게 빙긋 웃으며 서로가 가까워질 수 있는 실마리를 열었다. "자주 여행을 하신다면서요?"

"글쎄요" 하고, 나는 약간 건성으로 대답했다. "자주 하는 편인지도 모르지요."

그러자 상대방은 허물없이 말을 이었다. "이 고장에서 이탈리아에 가본 적이 있는 사람은 우리 둘뿐이라고 생각합니다만."

"그렇겠군요." 나는 조금이라도 관심을 보이려고 애썼다. "그러니 우선 서로 이야기를 나눌 필요가 있겠군요."

바움 씨는 큰 소리로 웃었다. "그렇지요. 이탈리아…… 라는 나라는 아무튼 대단한 곳입니다. 나는 노상 아이들에게 들려줍니다만, 이를테면 베네치아는 어때요?"

나는 걸음을 멈추었다. "아직도 기억하고 계시는군요?"

"이래 봬도 그 정도야." 거기까지 말하고서 그는 신음 소리를 냈다. 쉽게 화를 내기에는 너무 뚱뚱했기 때문이다. "어찌 이 내가 잊겠습니까…… 한 번이라도 본 적이 있는 사람이라면…… 그 광장을…… 그렇지 않습니까?"

"옳은 말씀입니다"라고 나는 대답했다. "특히 그리운 것은 그 운하를 배로 지나서 갖가지 과거가 즐비한 언저리를 소리도 없이 살며시 미끄러져 갔던 일입니다."

"아, 저 프란케티 궁전……" 하고 바움 씨도 그때의 일을 생각해냈다.

"카도로 궁전" 하고 나도 되받았다.

"어시장……."

"벤드라민 궁전……."

그러자 그는 교양 있는 독일인이라는 것을 보이려고, 나의 말을 받아서 재빨리 이렇게 덧붙였다. "거기에서 리하르트 바그너가……."

나는 고개를 끄덕이며 물었다. "그 다리도 아시겠지요?"

바움 씨는 얼씨구나 하고 득의의 미소를 지었다. "물론이지요. 그리고 박물관 아카데미도 잊어서는 안 되지요. 거기에 분명히 티치아노의 그림이 한 폭 있어서……."

이와 같이 바움 씨는 일종의 시험을 치른 셈이다. 이 시험이 그에게는 약간 고생스러웠을 것이다. 시험관인 나는 무슨 이야기라도 해서 그 벌충을 하려고 했다. 그래서 당장 시작했다.

"리알토 다리 밑을 통과하여 폰다코 데 투르키와 어시장 근처를 지날 무렵, 뱃사공에게 '오른쪽으로!'라고 명령하면 뱃사공은 약간 놀란 얼굴로 반드시 '어느 쪽으로요?'라고 묻습니다. 그래도 이쪽은 배를 오른쪽으로 돌리도록 끝까지 주장해야 합니다. 그리하여 구중중한 소운하의 하나로 들어가 배에서 내려, 뱃사공에게 뱃삯을 깎다가 욕설을 퍼부어준 뒤 혼잡한 골목길과 꺼멓게 연기에 그을린 문을 빠져나가면, 텅 빈 약간 널따란 광장으로 나오게 됩니다. 이런 자세한 것을 일일이 말씀드리는 것은 다름이 아닙니다. 실은 내 이야기가 그 광장에서 시작되기 때문입니다."

바움 씨는 살며시 나의 팔을 잡고, "죄송합니다만, 어떤 이야기입니까?"라고 물었다. 그의 귀여운 두 눈이 약간 걱정스러운 듯이 두리번거렸다.

　나는 그를 안심시켰다. "어떤 이야기입니다만, 각별히 이렇다 할 이야기는 아닙니다. 언제 있었던 일인지도 확실히 말씀드릴 수가 없을 정도입니다. 아마도 알비제 모체니고 4세 총독 치하일 때라고 추측됩니다만, 어쩌면 그보다도 더 전이나 후의 일일지도 모릅니다. 당신도 보셨겠지만, 이를테면 카르파초입니다. 그 카르파초의 그림을 보고 있으면 진홍의 비로드 위에 그린 것처럼 뭔가 따스한, 말하자면 숲과 같은 느낌이 화면 전체에서 스며나옵니다. 그리고 화면 속 둔탁한 빛 주위에는 살며시 귀를 기울이듯이 그림자가 모여 있습니다. 조르조네는 칙칙한 낡은 금빛 바탕에 그림을 그렸습니다. 티치아노는 새까만 공단을 바탕으로 썼습니다. 그런데 내가 지금 이야기하는 시대에는 흰 비단 바탕 위에 색채를 띤, 밝은 그림이 일반적으로 인기가 있었습니다. 따라서 사람들에게 인기가 있고, 아름다운 입술이 태양을 향해 마치 공처럼 내던진 이름, 그리고 가늘게 떨면서 오는 그것을 사랑스러운 귀로 받아들인 이름, 그 이름은 바로 조반니 바티스타 티에폴로였습니다.

　그러나 이러한 것은 나의 이야기에 나오지 않습니다. 오직 참다운 베네치아, 즉 궁전의 도시, 모험과 가면의 도시, 창백한 뒷골목의 밤도시에만 관계가 있습니다. 이런 뒷골목의 밤만큼 내밀한 로맨스의 색채를 띤 곳도 달리 찾아볼 수가 없습니다. 내가 지금부터 이야기할 베네치아의 그 구획에서는 그저 일상적인 가난한 소음이 있을 뿐 하루하루가 아무런 변화도 없이 지나가고, 긴 세월이 마치 단 하루처럼 생각될 뿐이었습니다. 여기서 들리는 노랫소리는 부풀어 오르는 애가가 되어, 피어오르지도 않고 자욱하게 떠도는 짙은 연기처럼 거리를 덮고 있습니다. 황혼이 되면 기다린 듯이 많은 천민이 슬금슬금 주위를 배회하기 시작합니다. 무수한 아이들이 여기저기 광장이나 비좁고 냉랭한 현관을 고향 삼아 갖가지 빛깔의 보석 유리 조각을 가지고 놀고 있습니다. 이 아이들이 손에 쥐고 있는 것이야말로 일찍이 거장들이 산마르코 성당의 저 장엄한 모자이크를 만든 것과 똑같은 유리입니다. 귀족이라고 이름이 붙은 사람은 좀처럼 이 유대인 거리에 오지 않습니다. 고작해야 유대인 처녀들이 우물에 물 길러 올 무렵에 외투로 몸을 감싼 복면의 검은 그림자를 간혹 볼 수 있을 뿐입니다. 그런데 몇몇 주민은 경험으로 이 복면의 인물이 외투 밑에 단도를 숨겨 가지고 있다는 것을 압니다. 누구인가 이 청년의 얼굴을 달빛으로 보았다는 사람도 있어서, 그 흑의(黑衣) 장신의 내방자는 마르칸토니오 프리울리라고 하며, 틀림없이 어용상인 니콜로 프리울리와 아름다운 카타리나 미넬리 사이에서 태어난 아들이라고 통하고 있습니다. 청년은 이삭 로소의 집 문간에서 숨어 있다가 때가 되어 주위가 고요해지면, 광장을 비스듬히 건너서 멜키세데크 노인의 집으로 들어간다고 알려졌습니다. 멜키세데크 노인은 많은 아들과 딸 일곱을 두었고, 많은 손자와 손녀까지 있는 부유한 금세공사였습니다. 막내 손녀 에스더가 백발의 할아버지에게 매달린 채 어두운 방에서 청년을 기다리고 있습니다. 그 방 안에는 반짝반짝 많은 것이 빛나고 있고, 비단과 비로드가 그릇 위에 타오르는 금빛 불꽃을 끄려는 것처럼 걸쳐 있었습니다. 이 방에서 마르칸토니오는 은실로 수놓은 방석을 깔고 백발의 나이 많은 유대인 발치에 앉아서, 일찍이 어느 곳에도 없었던 동화를 이야기하듯, 베네치아 이야기를 했습니다. 연극, 베네치아 군(軍)이 행한 여러 가지 전쟁, 외국의 귀빈, 그림이나 조각, 승천절을 기해서 개최되는 바다와 베네치아의 위대한 혼례인 '센사' 축제, 사육제, 마지막에는 자기 어머니 카타리나 미넬리의 아름다움 등 이야기는 끝이 없습니다. 그 모두가 이야기를 하는 청년에게는 똑같은 의미를 갖고 있어서, 사실은 권위와 사랑과 생명에 대한 여러 가지 표현에 지나지 않았습니다. 그러나 이야기를 듣는 두 사람에게는 모두가 처음 듣는 것뿐이었습니다. 무리도 아닙니다. 유대인은 어떠한 교제에서도 엄중히 배제되었기 때문입니다. 부자인 멜키세데크는 금세공사로서 일반의 존경을 받았으므로 별 무리가 없었을 텐데도, 대 참사회 직할 구역에는 한 번도 발을 들여놓은 적이 없었습니다. 노인은 지금까지 긴 세상을 살아오는 동안에 자기를 부친처럼 따르는 같은 종교의 동료들을 위해서는 몇 번이나 발 벗고 나서서, 참사회에서 여러 가지 특권을 얻을 수 있도록 애써왔습니다만, 그런 다음에는 언제나 반격을 당했습니다. 국가에 무슨 화가 미칠 때마다 보복의 상대로 선택되는 것은 늘 유대인이었습니다. 베네치아인 자체가 너무나도 유대인과 닮은 기상을 가졌기에, 다른 국민에게서 볼 수 있는 것처럼 유대인을 상업 방면에서 이용할 수가 없었겠지요. 유대인을 세금으로 괴롭히고, 유대인의 재산을 몰수했습니다. 그뿐만 아닙니다. 유대인 거리 구역을 자꾸만 제한해갔기 때문에, 곤궁에 빠져 허덕이면서도 인구만 늘어난 이들 유대인 가정은 하는 수 없이 옥상에 집을 지어 주택을 위로 더 위로 쌓아올릴 수밖에 없었습니다. 이리하여 원래 바다를 끼고 있지 않던 유대인 거리는 다른 바다를 구하듯이 하늘의 바다를 향해서 차츰 키를 높여갔습니다. 그 우물이 있는 광장을 둘러싸고 절벽처럼 가파른 건물이 거대한 탑의 벽처럼 우뚝 솟아 있었습니다.

부자인 멜키세데크는 노후의 괴벽을 보여서 이 거리의 주민, 아들과 손자에게 기묘한 제안을 했습니다. 몇 층인지도 모르는 층을 이루며 서로 높이를 다투는 이들 빽빽한 건물 중에서 언제나 가장 높은 집에 살게 해달라는 것이었습니다. 모두가 기꺼이 이 노인의 진기한 소원을 들어주었습니다. 왜냐하면 하층 벽의 부담력은 이제 한계가 있었고, 상층은 바람이 벽에 부딪혀도 벽이 있는 줄도 모를 정도로 되도록 가벼운 석재를 써서 쌓았기 때문입니다. 그래서 노인은 한 해에 두어 번 이사를 했습니다. 노인을 혼자 있게 하고 싶지 않았던 에스더는 줄곧 노인과 함께했습니다. 이리하여 마침내 두 사람이 사는 곳은 몹시도 높아져서, 그 좁은 방에서 평탄한 옥상으로 나와 보면 바로 이마 높이 근처에 지상과는 다른 또 하나의 나라가 시작될 정도의 높이에 이르러 있었습니다. 노인이 수수께끼 같은 말로 반쯤은 성가라도 부르듯이 갖가지 풍습을 들려주던 그 나라입니다. 이제 두 사람이 있는 곳까지는 지상에서 상당한 거리입니다. 다른 사람의 생활을 몇이나 지나서 미끈미끈한 가파른 계단을 기어올라, 종알종알 군소리를 하는 여인들의 옆을 지나고 느닷없이 달라붙는 굶주린 아이들을 헤치고 올라가야 합니다. 도중의 많은 장애가 사람들의 왕래를 완전히 제한하고 말았습니다. 마르칸토니오도 이제는 찾아주지 않습니다. 에스더 역시 그가 오지 않아도 별로 적적해하지 않았습니다. 이전에 몇 번이나 마르칸토니오와 단둘이서 지낸 그 무렵에 커다란 눈으로 언제까지나 그의 모습을 바라보았던 에스더에게는, 마르칸토니오가 그때를 마지막으로 자신의 어두운 눈 속에 깊이 굴러 떨어져서 이미 죽어버렸다고 느껴졌을 뿐만 아니라, 또 그가 그리스도교도로서 어디까지나 믿어 의심치 않던 새로운 구원의 생명이 지금 자신의 내부에서 시작되고 있는 듯했기 때문입니다. 이처럼 새로운 감정을 젊은 육체

안에 품고 에스더는 하루 종일 옥상에 서서 바다를 찾았습니다. 그러나 그렇게 높은 곳에 살면서도 당장 눈에 들어오는 것은 포스카리 궁전의 박공(博栱) 지붕, 어딘가의 탑과 어느 교회의 둥근 지붕, 빛을 받고 얼어붙은 듯한 저 멀리 둥근 지붕, 그리고 습기를 품고 가늘게 떨며 하늘 끝자리 근처에 떠 있는 돛대와 장대가 형성하는 격자 무늬였습니다.

그해 여름도 끝날 무렵, 이제는 계단을 오르내리기가 몹시 부자유스러워졌는데도 노인은 모두의 반대를 물리치고 다시 집을 옮겼습니다. 작기는 했지만 가장 높은 집이 또 신축되었기 때문입니다. 에스더의 부축을 받으며 실로 오래간만에 노인이 다시 그 광장을 건너갔을 때, 많은 사람이 몰려들어 더듬거리는 노인의 두 손 위에 공손히 몸을 굽히고는 갖가지 일에 대해서 조언을 청했습니다. 그들이 보기에는 노인이 때가 되어 무덤에서 나온 사자(使者) 같았을 것입니다. 사실 그렇게 생각되는 점도 있었습니다. 남자들은 베네치아에 폭동이 일어나서 귀족계급이 위험에 빠져 있다는 것, 가까운 장래에 유대인 거리의 경계도 철폐되어 만민이 평등한 자유를 누리게 되리라는 것을 노인에게 알렸습니다. 노인은 한마디도 대답을 않고 그저 고개만 끄덕였습니다. 이러한 일도 갖가지 일과 함께 노인은 먼 옛날부터 알고 있었다는 듯한 태도였습니다. 노인은 이제 이삭 로소의 저택으로 들어갔습니다. 그 건물 꼭대기에 이번 새집이 있었습니다. 노인은 한

나절이나 걸려서 겨우 꼭대기에 닿았습니다. 이 높은 집에서 에스더는 금발의 귀여운 아기를 낳았습니다. 에스더는 몸이 회복되자, 아기를 안고 옥상으로 나가서 순진하고 귀여운 그 두 눈에 처음으로 황금빛 하늘을 가득 부어 넣었습니다. 더없이 맑은 가을 아침이었습니다. 만물은 아직도 빛을 띠지 않고 어둠 속에 잠겨 있습니다. 몇 가닥 새어 나온 광선이 마치 커다란 꽃잎에 머물 듯 만물 위에 내려와서는 잠시 동안 쉬다가, 이윽고 황금빛 가장자리를 지나서 하늘에 둥실 떠오릅니다. 그리고 이들 광선이 간곳 모르게 녹아 흩어지는 근처에, 지금까지 유대인 거리에서는 누구도 본 적 없는 무언가가 가장 높은 이곳에서 바라보였습니다. 그것은 조용한 은빛…… 말할 것도 없이 바다였습니다. 이윽고 에스더의 눈이 이 훌륭한 정경에 익숙해지자, 훨씬 앞쪽의 옥상 언저리에 있는 멜키세데크의 모습이 보였습니다. 노인은 양팔을 크게 벌려서 몸을 펴고 희미한 눈을 억지로 집중하여, 지금 천천히 펼쳐지는 하루를 바라보고 있습니다. 양팔을 높이 쳐든 채 이마에는 말할 수 없는 찬연한 사상을 품고, 노인은 제물이라도 바치는 듯한 모습입니다. 그러다가 몇 번이나 몸을 엎드려서 모난 돌에 백발의 머리를 눌렀습니다. 한편 아래쪽 광장에는 주민들이 모여들어 위를 우러러보고 있습니다. 때때로 주민들 사이에서 손짓과 말소리가 일어났으나, 혼자 조용히 기도를 드리는 노인에게는 들리지 않습니다. 주민들의 눈에는 이 거리에서 가장 나이 많은 사람과 가장 어린 아이가 마치 구름 사이에 있는 것처럼 보였습니다. 노인은 여전히 앙연히 몸을 일으켜서는 새로운 겸허 속에 잠기며 갑자기 다시 엎드리는 그 동작을 줄곧 계속했습니다. 그동안에 아래쪽 주민들은 점점 그 수가 늘어났습니다. 그러나 누구 하나 노인에게서 눈을 떼는 사람이 없습니다. 노인은 과연 바다를 보았을까요, 아니면 영광에 싸인 영원한 자, 하느님을 보았을까요?"

바움 씨는 즉각 무슨 말을 하려고 애썼으나 당장에는 되지 않았다. 이윽고 "틀림없이 바다겠지요"라고 무뚝뚝하게 말했다. "물론 그것도 하나의 인상입니다만." 이렇게 덧붙여서 그는 자기가 각별한 지식인이며 사리에 밝다는 것을 표시했다.

나는 급히 작별 인사를 했다. 그러나 아무래도 그의 등 뒤에서 이렇게 소리치지 않을 수 없었다. "이 일을 잊지 마시고 댁의 아이들에게 이야기해주십시오."

그래서 그는 생각에 잠겼다. "아이들에게? 하지만 그 청년 귀족, 안토니오인가 뭔가 하는 그 남자는 품성이 별로 좋지 않군요. 그리고 또 아기, 그 어린 아기도 그런 경위를 설마…… 우리 아이들에게……."

"아니" 하고 나는 그를 안심시키며 말했다. "당신 같은 분이 아기는 하느님이 주신다는 것을 잊고 계시다니. 에스더가 하늘 가까이에 살고 있었으니까, 하느님이 아기를 주셨다고 해도 아이들은 별로 이상하게 생각하지 않을 것입니다."

이 이야기도 역시 아이들은 들었다. 유대인 멜키세데크 노인
이 황홀한 무아지경에서 무엇을 보았다고 생각하는지 물으면,
아이들은 아무런 생각도 없이 즉석에서 대답한다. "그건 역시 바
다지."

돌에 귀 기울이는 사람

나는 또다시 다리가 마비된 친구에게 와 있다. 친구는 그 특유의 미소를 띠며 말했다. "그런데 이탈리아에 대해서는 아직 한 번도 이야기를 들려준 적이 없군요."

"그러니 그것을 곧 벌충하라는 말이군요."

에발트는 고개를 끄덕였다. 벌써 눈을 감은 채 귀 기울이고 있다.

그래서 나는 시작했다.

"우리가 봄이라고 느끼는 것도 하느님의 눈에는 지상을 스치는 순간적인 미소로밖에 비치지 않습니다. 대지는 무엇인가를 생각해내고 있는 것처럼 보입니다. 여름이 되면 그것을 만인에게 들려주면서 대지는 어느덧 가을의 커다란 침묵에 싸여 한층 현명해집니다. 이 커다란 가을의 침묵으로 대지는 고독한 사람들에게 자신의 비밀을 고백하는 것입니다. 당신이나 내가 지금까지 체험해온 봄을 모조리 하나로 합산해도 하느님의 1초에도 미치지 못합니다. 하느님의 눈에 틀림없는 봄이라고 인정받으려면 봄을 헛되이 수목들 사이나 초원 위에 머물게 해서는 안 됩니다. 어떻게든 인간의 내부에서 위대한 힘으로 바꾸지 않으면 안 됩니다. 그렇게 하여 비로소 봄은 시간의 흐름 밖에서 오히려 영원 가운데 하느님 앞에 펼쳐집니다.

언젠가 이런 봄이 실현되었을 때, 하느님의 눈은 어두운 날개가 되어 날며 이탈리아의 하늘에 걸려 있어야 합니다. 하계의 땅은 밝기만 하고, 시간은 황금처럼 반짝이고 있습니다. 그런데 이 이탈리아의 땅 위를 비스듬히, 마치 어두운 한 가닥의 길처럼 어깨가 넓은 사나이의 검은 그림자가 무겁게 누워 있고 그 훨씬 앞쪽에 사나이의 창조적인 손 그림자가 보였습니다. 더구나 그 손 그림자는 불안스럽게 흠칫하며 혹은 피사 위에 떨어지고, 혹은 나폴리 위를 덮고, 혹은 바다에 떠서 바다의 정처 없는 움직임에 흩어지고 있습니다. 하느님은 이 손 그림자에서 눈을 뗄 수가 없었습니다. 처음에는 기도라도 드리는지 두 손을 꼭 합장하고 있는 듯이 보였습니다. 그러나 그렇게 생각할 겨를도 없이 두 손은 거기서 솟아나는 기도가 격렬했기 때문인지 좌우로 멀리 떨어지고 말았습니다. 모든 하늘은 금세 헤아릴 수 없는 정적에 고요해졌습니다. 모든 성자는 한결같이 하느님의 눈길을 따라, 하느님과 함께 이 이탈리아 땅을 반이나 덮고 있는 그림자를 가만히 지켜보았습니다. 천사들이 노래하는 찬가는 천사들의 얼굴에 얼어붙었고, 많은 별들은 무슨 죄를 범하지나 않았는지 근심하고 있었습니다. 부들부들 떨면서 얌전하게 하느님의 노여운 말씀을 기다렸습니다. 그러나 걱정하던 일은 하나도 일어나지 않았습니다. 모든 하늘은 넓은 가슴을 이탈리아 위에 골고루 열어놓고 있었습니다. 그것이 너무나 장엄하여 로마에서는 라파엘이 무릎을 꿇었습니다. 또 세상을 떠난 프라 안젤리코 폰 피에솔레는 어느 구름 속에 서서, 라파엘이 무릎을 꿇은 것을 보고 기뻐했습니다. 이 무렵이 되자 지상에서는 많은 기도가 피어올랐습니다. 그러나 하느님에게는 단 하나밖에 보이지 않습니다. 미켈란젤로의 힘입니다. 미켈란젤로의 힘이 포도 동산의 향기처럼 하느님에게로 피어 올라왔던 것입니다. 그래서 하느님은 꾹 참고 미켈란젤로의 힘이 자신의 마음속을 가득히 채워 나가는 것을 용서하였습니다. 하느님은 기우뚱하게 앞으로 몸을 굽혀서 창조하는 사나이의 모습을 찾아냈습니다. 그러고는 돌을 더듬으며 무엇을 알아내려고 애쓰는 두 손을 그의 어깨 너머로 한참 지켜보다가 깜짝 놀랐습니다. 돌에도 역시 영혼이 있는 것일까? 왜 저 사나이는 돌에 귀 기울이고 있을까? 바로 그때입니다. 사나이의 두 손이 갑자기 잠을 깨고 마치 무덤을 파듯이 그 돌을 파냈습니다. 그 돌 속에서는 당장에 꺼질 듯한 가냘픈 목소리가 떨고 있습니다. 하느님은 몹시 불안해져 '미켈란젤로' 하고 불렀습니다. '돌 속에 있는 것은 누구인가?' 미켈란젤로는 가만히 귀를 기울였습니다. 그의 두 손은 부들부들 떨렸습니다. 이윽고 그는 안타까운 듯이 대답했습니다. '하느님, 다름 아닌 당신입니다. 그러나 저는 당신이 계신 곳까지 갈 수가 없습니다.' 그 말을 듣자 하느님은 자신이 분명히 돌 속에 있는 듯한 생각이 들어서 가슴이 답답해왔습니다. 하늘 전체가 하나의 돌로 변했습니다. 하느님은 그 한가운데 갇혀서 지금은 오직 자신을 해방시켜줄 미켈란젤로의 손에 희망을 걸 뿐이었습니다. 그런데 그 손은 가까이에 와 있는 듯 하느님의 귀에도 선명히 들리기는 하였지만 아직 훨씬 먼 곳에 있었습니다. 그런데 거장(巨匠)은 다시 작업에 착수했습니다. 그는 끊임없이 이런 생각을 했습니다. 너는 하나의 돌에 지나지 않는다. 다른 사람이라면 네 속에 설마 사람이 숨어 있다고는 생각지 못할 것이다. 그러나 나는 여기가 어깨라고 느낀다. 아리마대 요셉의 어깨다. 또 이 근처는 마리아가 고개를 숙인 곳이다. 방금 십자가에 못 박혀서 숨진 우리 주 예수를 안은 마리아의 손이 떨고 있음을 나는 똑똑하게 느끼는 것이다. 이 하찮은 대리석 속에 이렇게 세 가지 것이 완전히 들어 있는데, 어째서 한 덩어리의 암석에서 잠자는 일족을 끌어내지 않을 수 있으랴. 미켈란젤로는 당장에 끌로 파서 피에타의 삼인상(三人像)을 돌에서 해방

시켰습니다. 그러나 그는 이 세 사람의 얼굴에서 돌의 베일을 완전히 벗기지는 않았습니다. 세 사람의 깊은 슬픔이 표면에 드러나면, 그것이 그의 손에 덮쳐와 마비시키리라고 생각했던 것입니다. 적당히 해두고 미켈란젤로는 도망치듯이 다른 돌로 옮겨 갔습니다. 그러나 이마에 듬뿍 영롱함을, 어깨에는 드맑은 곡선을 주게 될 때마다 언제나 망설였습니다. 미켈란젤로가 여인상을 만들었을 때 완성에 즈음하여 그 입 언저리에 가장 긴요한 미소를 새기지 않은 것도 여인의 아름다움이 완전히 드러나는 것을 꺼렸기 때문일지 모릅니다.

바로 그 무렵 미켈란젤로는 율리우스 델라 로베레의 묘비를 구상하고 있었습니다. 우선 이 철혈 교황을 눈 아래로 내려다보는 산을 하나 쌓자. 그러면 이 산에 사는 일족도 필요해진다. 막연한 갖가지 구상으로 머리가 메워지자, 미켈란젤로는 집을 나와 자주 다니던 대리석 채굴장으로 향했습니다. 어느 한산한 마을 저쪽에 그 산허리가 험하게 비탈져 있습니다. 감람나무와 빛바랜 돌멩이에 둘러싸여, 방금 깎아낸 돌의 단면이 늙은 백발 밑에서 쳐다보고 있는 창백한 큰 얼굴처럼 보였습니다. 미켈란젤로는 그 얼굴의 숨은 이마를 앞에 놓고 오랫동안 서 있었습니다. 그러다 문득 그 이마 밑에서 돌로 된 두 개의 커다란 눈이 자신을 빤히 쳐다보고 있다는 것을 알았습니다. 그 순간 미켈란젤로는 이 눈매에 감화되어 자신의 몸이 자꾸만 커져가는 것을 느꼈습니다. 이제야 그도 역시 이 땅을 발아래 딛고 우뚝 선 것입니다. 미켈란젤로는 먼 영겁의 옛날부터 맞은편 돌산과 형제처럼 마주 서 있는 듯한 느낌이 들었습니다. 계곡은 마치 산을 오를 때처럼 그의 뒤로 쭉쭉 물러나고, 사람이 사는 집이 짐승의 무리처럼 옹기종기 모여 있습니다. 그리고 새하얀 돌의 베일을 쓴 암석의 얼굴이 가까이에 다정하게 나타났습니다. 그 얼굴은 꼼짝도 않고 고요에 싸여서 당장에라도 움직일 듯한 무엇을 기다리는 표정이었습니다. 미켈란젤로는 생각에 잠겼습니다. '너를 산산이 부숴서는 안 된다. 그렇다. 너는 그대로가 하나의 것이다.' 그래서 그는 소리를 높여서 말했습니다. '너를 완성시키자. 너야말로 나의 작업이다.' 그러고는 피렌체 쪽을 뒤돌아보았습니다. 별이 하나, 그리고 저 대성당의 탑이 보였습니다. 그의 발밑은 벌써 저녁 어스름에 싸여 있었습니다.

포르타 로마나라는 성문 앞에서 미켈란젤로는 문득 망설였습니다. 그런데 양쪽에 즐비한 집들이 마치 양팔처럼 그에게로 뻗어 오더니 순식간에 그를 붙잡아서 거리 안으로 끌어들였습니다. 나아감에 따라 길은 점점 좁아지고 차츰 어두워졌습니다. 간신히 집에 발을 들여놓았을 때가 되어서야 미켈란젤로는 자기가 수수께끼의 손에 붙잡혀서 벗어날 도리가 없다는 것을 깨달았습니다. 그는 큰 방으로 달아났습니다. 거기에서 그가 언제나 글을 쓰는 방으로 달아났습니다. 그곳은 길이가 두 발짝 정도밖에 되지 않고 천장이 낮은 작은 방입니다. 주위의 벽이 그에게로 덮쳐들었습니다. 그의 거구와 싸워 무슨 수를 써서라도 그를 본래의 모습으로 되돌리려고 하는 것 같았습니다. 미켈란젤로는 가만히 그것을 감수하고 있었습니다. 그는 무릎을 꿇고 몸을 움츠려서 주위의 벽이 하는 대로 내맡겼습니다. 그러자 지금까지 한 번도 느껴보지 못한 겸허한 마음이 솟아나고, 어떻게 하든 작아지고 싶다는 욕망마저 갖게 되었습니다. 바로 그때입니다. 어디선가 목소리가 들려왔습니다. '미켈란젤로, 네 속에 있는 것은 누구인가?' 비좁은 방에 웅크리고 있던 사나이는 이마를 무겁게 두 손 안에 묻으며 나직이 대답했습니다. '하느님, 다름 아닌 당신입니다.'

그때 하느님의 주위가 금세 넓게 퍼졌습니다. 하느님은 이탈리아 위에 엎드리고 있던 얼굴을 이제 마음껏 들고 주위를 둘러보았습니다. 외투를 입고 법관을 쓴 성자들이 서 있습니다. 천사들은 목말라 허덕이는 별들 사이를 날아다니며, 마치 반짝이는 맑은 물을 가득 담은 병을 나르듯이 잇달아 노래를 주고 갑니다. 보이느니 하늘은 끝이 없습니다."

다리가 마비된 친구는 눈을 들어 멍하니 노을 진 구름이 이끄는 대로 한참 동안 하늘을 바라보았다. "하느님은 과연 거기에 계실까요?" 에발트는 이렇게 물었다.

나는 대답을 하지 않았다. 한참 후에 그에게 몸을 굽히며, 나는 물었다. "에발트 씨, 우리는 과연 여기에 있을까요?"

우리는 진심으로 악수를 나누었다.

골무가 하느님이 된 이야기

내가 창가에서 떠났을 때 저녁 구름은 아직도 하늘에 남아 있었다. 무엇을 기다리는 것 같았다. 이야기라도 들려주겠다고 내가 제의했지만 구름은 귀를 기울이지 않았다. 내 말을 좀 더 이해시키고, 서로가 좀 더 가까워지고 싶어서 나는 소리쳤다. "나도 저녁 구름이란다!" 그러자 구름들은 멈추어 서서 분명히 나를 바라보았다. 그리고서 아름답고 투명한 붉은 날개를 나에게 펼쳐 보였다. 이것이 저녁 구름이 인사하는 방법이다. 그들은 나를 알아본 것이다.

"우리는 지상에 떠 있어요." 구름은 설명했다. "좀 더 정확히 말하면 유럽의 위지요. 그런데 당신은?"

나는 망설이며 "어떤 나라에서⋯⋯"라고 했다.

"어떤 나라지요?" 구름들이 물었다.

"글쎄요. 모두 저녁놀에 싸여서……." 나는 대답했다.

"그럼 역시 유럽이 아닌가?"라며 젊은 구름이 웃었다.

"그럴지도 모르지요. 그러나 유럽에서는 사물이 모두 죽어버렸다고 듣고 있는데?" 나는 말했다.

"물론 그렇지요. 살아 있는 사물이란 정말 난센스지." 다른 구름이 경멸하듯이 말했다.

나는 수그러들지 않았다. "그러나 나의 사물은 살아 있지요. 그 점이 달라요. 나의 사물은 여러 가지 것이 될 수 있습니다. 연필이라든가 난로라든가, 이 세상에 태어나는 것은 아직은 자신의 진보에 절망할 필요가 없지요. 연필이라 할지라도 잘 되면 지팡이나 돛대가 될 수 있지요. 그러나 난로는 고작 도시의 성문 정도나 될 수 있을까?"

"당신은 단순한 저녁 구름 같군요." 처음에 약간 불손하게 말하던 젊은 구름이 말했다.

나이 든 구름은 내 감정이 상하지나 않았나 걱정하며 달래듯이 말했다. "나라에 따라 아주 다르지요. 언젠가 내가 독일의 작은 귀족 영지 위를 지나간 적이 있었는데, 오늘까지도 그것이 유럽의 일부라고는 믿지 않아요."

나는 그에게 감사하며 말했다. "우리의 의견이 일치하기는 어렵다고 생각해요. 내가 최근에 이 눈으로 본 것을 그대로 이야기하지요. 그것이 제일일 테니까요."

"그럼 부탁하겠소." 영리한 늙은 구름이 모두를 대신하여 나의 청을 들어주었다.

나는 시작했다.

"작은 방에 사람들이 몇몇 모여 있었습니다. 물론 나는 아주 높은 곳에 있습니다. 그래서 그 사람들이 모두 어린아이로 보입니다. 그러니까 간단히 아이들이라고 해둡시다. 따라서 아이들이 작은 방에 모여 있습니다. 둘, 다섯, 여섯, 일곱 명의 아이들입니다. 일일이 이름을 물어볼 여유가 없습니다. 어떻든 아이들은 무엇인가 진지하게 서로 이야기를 하고 있습니다. 그때마다 아이들의 이름이 나올 것입니다. 아이들은 벌써 오래전부터 서서 이야기를 하고 있습니다. 가장 나이 많은 아이가(한스라고 불리는 것을 들었습니다) 결론을 내리듯이 말하였으니까요. '아냐, 그렇게 해둘 수는 없어. 예전에는 부모가 매일 밤 아이들에게, 적어도 얌전히 지낸 날 밤에는 잠들 때까지 이야기를 들려주었다고 해. 지금도 그런 일이 있나?' 잠깐 사이를 두고 한스 자신이 대답했습니다. '없어, 아무 데도. 나는 이래도 벌써 큰 편이야. 부모들이 머리를 짜내서 이야기하느라고 쩔쩔매는 저 용의 이야기도 시시해서 들을 수가 있어야지. 내 쪽에서 사양하고 싶을 정도야. 하지만 어떻든 우리에게 물의 요정이라든가 난쟁이라든가 왕자라든가 괴물의 이야기를 들려줄 의무가 부모들에게 있단 말이야.' '난

숙모님이 가끔 이야기를 들려준단다'라고 작은 계집아이가 말했습니다. '시시하군. 숙모는 안 돼. 거짓말을 들려주니까'라고 한스가 가로막았습니다. 이 대담한, 그러나 반대할 수도 없는 주장에 몹시 당황하고 말았습니다. 한스는 이야기를 계속합니다. '여기에서 특히 중요한 것은 역시 부모들의 문제야. 왜냐하면 어느 정도 그렇게 우리를 가르칠 의무가 있으니까. 다른 사람이라면 오히려 호의로서 말하겠지. 그러한 것을 부모에게는 바랄 수가 없어. 그러나 한번 주의해봐, 부모가 무엇을 하고 있는가를. 몹시 성난 얼굴로 돌아다니거나, 무엇이 잘 되지 않는다고 고래고래 소리만 지르고 있지. 더구나 그러면서도 부모는 아주 무관심하단 말이야. 세계가 멸망하더라도 그것을 깨닫지 못할 거야. 그들은 '이상'이라는 것을 가지고 있지만, 그것은 아마도 갓난아이와 같아서 혼자 내버려둘 수도 없고 애만 쓰이지. 그렇다면 우리를 낳지 말았어야 해. 그런데 내 생각에 부모가 우리를 내버려둔다는 것은 슬픈 일이지만, 만약에 부모들이 일반적으로 바보가 된다는 증거, 아니 퇴보한다는 증거만 없다면 우리는 참을 수도 있을 거야. 어른들의 몰락을 우리는 도저히 생각할 수가 없어. 우리는 하루 종일 어른들에게 감화를 줄 수가 없으니까. 그리고 학교에서 늦게 돌아오면 함께 앉아서 차분하게 이치에 닿는 이야기를 들으려고 하는 사람이 하나도 없으니까. 온 집안 사람이 램프 불을 켜고 앉아 있어도 정말 애처롭기만 하고, 어머니는 피타

고라스의 정리조차 알지 못해. 대체로 그런 거야. 그래서 어른들은 점점 바보가 되어가는 거야……. 그래도 좋아. 그렇다고 해서 우리가 손해 보는 것은 없지. 교양이라고? 어른들은 서로 모자를 벗고 인사를 하지. 그때 대머리가 나타나면 모두 웃는 거야. 일반적으로 어른들은 노상 웃고만 있어. 우리가 가끔 분별심이 있으니까 다행이지, 그렇지 않다면 여기에 전혀 균형이 잡히지 않거든. 더구나 어른들은 대개 거만하지. 황제도 어른이라고 그러거든. 신문에서 읽었는데, 스페인의 왕은 어린아이라더군. 어느 나라의 왕이나 황제는 모두 그래……. 군소리는 나중에 하고 우선 듣기나 해. 그런데 어른들은 이런 시시한 것 말고 우리가 무관심할 수 없는 무엇을 가지고 있어. 그것은 하느님이야. 나는 어느 어른에게서도 하느님을 본 적이 없는데, 그 점이 바로 의심스러운 거야. 어른들은 아마도 멍청하게 있거나 일에 쫓기며 당황하고 있는 사이에 어디선가 하느님을 잃어버린 것이 아닌가 해. 그러나 하느님은 절대로 필요한 거야. 하느님이 없으면 여러 가지 일이 일어날 수가 없어. 해도 뜨지 않고, 아기도 태어날 수 없고, 빵도 없어질 거야. 빵은 빵집에서 굽는다지만, 하느님이 앉아서 커다란 맷돌을 돌려서 밀가루를 만드는 거야. 왜 하느님이 없어서는 안 되는가, 라는 이유는 얼마든지 있어. 그러나 어른들이 하느님을 문제로 삼고 있지 않다는 것만은 확실해. 그러므로 우리 어린이들이 대신 하지 않으면 안 돼. 지금 우리는 꼭 일곱 명이야. 한 사람이 하루씩 하느님을 맡기로 하면 꼭 일주일 동안 하느님은 우리에게 있게 돼. 그리고 하느님이 지금 어디 있는가도 금방 알 수 있고.'

그런데 아주 난처해졌습니다. 어떻게 하면 좋을까요? 하느님을 손으로 잡거나 호주머니에 넣어도 좋을까요? 그래서 작은 사내아이가 말했습니다. '난 혼자서 방 안에 있었어. 작은 램프가 바로 옆에 켜져 있고, 나는 침대에 앉아서 저녁 기도를 하고 있었지, 아주 큰 소리로. 그런데 마주 잡은 손 안에서 뭔가가 움직거렸어. 보드랍고 따스한 게 작은 새 같았어. 난 두 손을 펼 수가 없었어. 아직 기도가 끝나지 않았으니까. 하지만 너무나 보고 싶어서, 굉장히 빨리 기도를 했지. 그리고 아멘과 동시에 이렇게 하니 (그 아이는 두 손을 뻗쳐서 손가락을 펴 보였습니다) 아무것도 없었어.'

다른 아이들도 상상할 수 있는 일이었습니다. 한스에게도 좋은 방안이 떠오르지 않습니다. 그래도 모두 한스를 바라보았습니다. 그러자 갑자기 한스가 말했습니다. '시시한 이야기군. 무엇이건 하느님이 될 수 있어. 그것을 향해 너는 하느님이다, 라고만 하면 되지.' 한스는 바로 옆에 서 있는 빨간 머리 소년을 돌아보며 말을 이었습니다. '동물은 안 돼, 동물은 도망가니까. 그러나 사물을 잘 봐. 사물은 제자리에 있어. 밤이건 낮이건 네가 언제 방 안에 들어가 보아도 사물은 그대로 있어. 아마 하느님이 될 수 있을 거야.' 다른 아이들도 차츰 그것을 믿게 되었습니다.

'하지만 어디든지 가지고 다닐 수 있는 작은 것이 좋겠어. 안 그러면 전혀 의미가 없으니까. 자, 모두 호주머니를 뒤져봐.' 실로 기묘한 것들이 나왔습니다. 종잇조각, 칼, 지우개, 펜, 끈, 조약돌, 나사, 호각, 대팻밥 등등. 그 밖에 멀리서는 알아볼 수 없는 것이며, 혹은 내가 이름도 알 수 없는 것 등이 많이 나왔습니다. 이러한 모든 물건이 아이들의 엷은 손바닥 위에 놓여 있었습니다. 자칫하면 뜻밖에 하느님이 될지도 몰라서 떨고 있었습니다. 조금이라도 반짝거릴 수 있는 것은 한스의 마음에 들려고 열심히 반짝거렸습니다. 오랫동안 선택을 망설이던 끝에, 마침내 작은 계집아이 레지의 손에서 골무가 발견되었습니다. 언젠가 레지가 어머니에게서 가져온 것이었습니다. 은으로 만든 것처럼 빛나고 있었습니다. 그 아름다움 때문에 골무가 하느님이 되었습니다. 한스가 먼저 그것을 손가락에 끼었습니다. 왜냐하면 순번이 한스에게서 시작되니까요. 다른 아이들은 온종일 한스의 뒤를 졸졸 따라다니고 한스를 자랑스럽게 여겼습니다. 그러나 내일은 누가 골무를 낄 것인가 하는 문제는 좀처럼 의견이 일치되지 않았습니다. 그래서 한스는 싸움이 일어나지 않도록 일주일간의 순번을 곧 정했습니다.

이 결정은 전체적으로 보아서 합리적이었습니다. 하느님을 가지고 있는 사람을 한눈에 알아볼 수가 있었습니다. 왜냐하면 그 아이는 여느 때보다 약간 딱딱해지고 위엄 있게 걸으며 일요일

같은 표정이었으니까요. 처음 사흘간은 이들의 화제가 모두 하느님에 한정되어 있었습니다. 노상 누군가가 하느님을 보고 싶어했습니다. 이리하여 문제의 골무는 위대한 존엄성을 몸에 지니게 되어, 서로 전혀 달라진 데가 없었습니다만, 골무가 가지고 있는 본래의 골무적인 것은 이제 그 진실의 형태를 싸고 있는 수수한 의복에 지나지 않는 듯한 감을 보이고 있었습니다. 만사가 순조롭게 되어갔습니다. 수요일에는 파울이, 목요일에는 작은 나나가 맡았습니다. 토요일이 되었습니다. 아이들은 숨바꼭질을 하며 숨을 헐떡이고 돌아다녔습니다. 그러다 갑자기 한스가 소리쳤습니다. '누가 하느님을 가지고 있지?' 모두 일제히 멈춰 섰습니다. 서로서로 얼굴을 마주 보았습니다. 이틀 전부터 누구도 하느님을 본 기억이 없습니다. 누구의 차례인가 한스가 세어보았습니다. 마리 차례라는 것을 알았습니다. 그러자 모두 일제히 마리에게 하느님을 보여달라고 졸랐습니다. 어떻게 된 일일까요. 호주머니를 뒤지다가 그날 아침에 골무를 받은 일이 겨우 생각났습니다. 그러나 이미 골무는 보이지 않으니, 아마도 여기서 놀다가 잃어버렸겠지요.

다른 아이들이 집으로 돌아간 뒤에도 마리는 혼자 풀밭에 남아서 찾고 있었습니다. 풀은 꽤 키가 높았습니다. 두 번이나 어른이 지나다가 무엇을 잃었느냐고 물었습니다. 그때마다 계집아이는 골무라고 대답하고, 계속해서 찾았습니다. 어른도 잠시 동안 찾아보았지만, 얼마 안 가서 허리를 굽히는 일에 지쳐버렸습니다. 한 남자가 떠나면서 타일렀습니다. '그만 집으로 돌아가거라, 새것을 사주실 거야.' 그래도 마리는 계속해서 찾았습니다. 풀밭은 날이 저물자 점점 음산해지고 풀이 촉촉이 젖기 시작했습니다. 그때 또 한 사람의 남자가 와서, 계집아이에게 허리를 굽히고 물었습니다. '무엇을 찾고 있지?' 마리는 이번에는 금방 울음이 터질 것만 같았습니다. 그러나 용기 있게 으스대며 대답했습니다. '하느님을 찾고 있어요.' 그러자 그 낯선 사람은 빙긋이 웃고서 곧 계집아이의 손을 잡았습니다. 계집아이도 모든 것이 잘 되어가는 것처럼 그 손에 이끌려 걸었습니다. 도중에 낯선 사람이 말했습니다. '자, 보아라. 오늘 정말 아름다운 골무를 하나 주웠단다'라고."

저녁 구름들은 벌써 오래전부터 안달복달하고 있었다. 그 나이 든 구름은 어느 사이에 크게 부풀어 있었다. 이때 그는 나에게 말했다. "죄송합니다만, 그 나라의 이름을 나에게 가르쳐주지 않겠습니까…… 당신이 상공에서 저……."

그러나 말이 채 끝나기도 전에 다른 구름이 웃으면서 그 나이 든 구름을 데리고 저 하늘 멀리로 달려가고 말았다.

죽음에 대한 이야기와,
필자 불명의 추기(追記)

차츰 사라져가는 저녁놀을 마냥 쳐다보고 있는데, 누군가가 말을 걸어왔다. "하늘나라에 매우 흥미가 있으신 모양이군요."

나의 시선은 쏘아붙이듯이 아래로 떨어졌다. 정신을 차려 보니, 어느 틈엔가 그 작은 묘지의 낮은 돌담에 몸이 부딪히고 있었다. 그리고 나의 맞은편에는 삽을 든 사나이가 서서 음울한 미소를 띠고 있었다.

"나는 아직도 이 지상의 나라에 흥미가 있는데요"라고 그는 덧붙이고서, 습한 검은 땅바닥을 가리켰다. 어느 사이에 바람이 일기 시작했는지, 바람이 불 때마다 움직이는 무수한 낙엽 사이에서 여기저기 땅바닥이 드러나 보였다.

심한 증오감에 사로잡혀 나는 갑자기 말했다. "왜 그런 짓을 하고 있지요?"

묘지기는 변함없이 웃고 있었다. "이것으로 먹고 살지요……. 그럼 이쪽에서도 물어보겠는데, 대부분 사람들은 똑같은 짓을 하고 있지 않습니까. 내가 이곳에 사람을 묻듯이 그들은 저곳에 하느님을 묻지요." 이렇게 말하면서 하늘을 가리켰다. 그리고 다시 설명을 계속하는 것이었다. "분명히 저것도 위대한 하나의 무덤이니까요. 여름이면 저 위에도 물망초가 꽃을 피우고……."

나는 그의 말을 가로막았다. "인간이 하느님을 하늘에 묻던 시대가 분명히 있었지요……."

"지금은 완전히 달라졌습니까?" 그는 묘하게도 슬픈 표정으로 물었다.

나는 말을 이었다. "옛날에는 각자가 저마다 한 줌의 하늘을 하느님 위에 뿌렸다고 합니다. 물론 그렇습니다만, 사실은 그때 하느님은 그곳에 없었던 것입니다. 아니면 역시……." 나는 여기에서 말을 망설였다.

"아시겠지요" 하며 나는 새로 이 이야기를 시작했다. "옛날 사람들은 이렇게 기도를 드렸습니다." 나는 양팔을 벌려 보였다. 그러자 가슴이 저절로 부풀어 오르는 것을 느낄 수 있었다. "당시에는 하느님도 겸허한 암흑이 가득 찬 이들 모든 심연에 스스로 몸을 던졌습니다. 그리고 인간 내부의 심연에 깃들어 있으면서, 하느님은 조금씩 몰래 하늘을 지상 가까이로 끌어당겨 놓았습니다. 그러다가 무슨 부득이한 일이 있으면 마지못해 하늘로 돌아갔던 것입니다. 그런데 이윽고 새로운 종교가 생겼습니다. 이 새로운 신앙은 자기들이 믿는 새 하느님이 그전 하느님과 어떻게 다른가를 사람들에게 이해시킬 수가 없었습니다. (왜냐하면 새로운 신앙이 새로운 하느님을 찬미하기 시작하자, 사람들은 이 새로운 신앙 속에도 역시 옛 하느님이 있다는 것을 금방 알아차렸기 때문입니다.) 그래서 새로운 계율의 선교사는 기도하는 방법을 바꾸기로 했습니다. 그는 합장이라는 것을 가르치고, 이렇게 단정했습니다. '보라, 우리의 하느님은 이렇게 기도하기를 바라신다. 그러므로 너희들이 이제까지 팔을 벌리고 맞이할 수 있다고 믿었던 하느님과는 다른 하느님이다.' 사람들은 그것을 받아들였습니다. 그래서 팔을 벌린 모양은 천하고 사악한 것이 되고, 나중에는 고난과 죽음의 상징이라는 것을 모든 사람에게 보이기 위하여 이것을 십자가에 매달아버렸습니다.

그런데 하느님이 다시 지상을 내려다보았을 때 몹시도 놀랐습니다. 많은 합장한 손뿐만 아니라 많은 고딕식 교회가 세워져 있었습니다. 그리고 손이며 지붕이 온통 적군이 내미는 칼날처럼 험하고 날카롭게 하느님을 향해 치솟아 있었습니다. 그러나 하느님께는 인간과는 다른 용기가 있습니다. 하느님은 천국으로 돌아갔습니다. 그래도 첨탑과 새로운 기도가 자신을 뒤쫓아오는 것을 아시자, 마침내 반대쪽에서 살짝 천국을 빠져나와 추적하는 박해에서 벗어났습니다. 그러나 하느님은 빛나는 자신의 고향 저편에 자신을 묵묵히 맞이하는 어둠이 시작되고 있는 것을 보고 깜짝 놀랐습니다. 이상스러운 감개에 젖어들면서도 이 희부연 어둠 속으로 나아갔습니다. 어쩐지 인간의 가슴속을 생각나게 하는 어둠입니다. 인간의 머릿속은 밝지만 마음속은 이 같은 어둠으로 가득 차 있음을 그때 비로소 깨닫게 되었습니다. 그러자 언제까지나 인간의 마음속에 깃들어 있고 싶다, 지상의 맑게 갠 냉철한 감시 속을 다시는 걷고 싶지 않다는 강한 소망이 하느님을 엄습했습니다. 그렇게 생각하면서 하느님은 자신의 길을 계속해서 나아갔습니다. 주위의 어둠은 점점 더 짙어져서 벌써 밤입니다. 밀치고 나가는 밤길에는 기름진 흙의 따뜻한 향기 같은 것이 풍기고 있습니다. 얼마 되지 않아서 나무뿌리가 팔을 내밀며, 가슴을 벌리고 기도하는 옛날의 아름다운 몸짓으로 하느님을 맞았습니다. 크게 원을 그리는 것만큼 현명한 방법은 없습니다. 천국에서 우리에게서 달아났던 하느님이 이번에는 땅속에서 우리에게로 나타나시는 것입니다. 그러므로 어쩌면 당신도 그렇게 파고 있는 동안에 하느님의 문을 파게 될지도 모르지요……."

삽을 든 사나이는 말했다. "그런 것은 동화에나 나오지요."

나는 조용히 대답했다. "우리 목소리로는 무엇이든 동화가 되어버리지요. 사실 우리 목소리로는 무엇이 제대로 된 적이 한 번도 없으니까요."

그 사나이는 잠시 동안 멍하니 앞을 바라보다가, 이윽고 후다닥 윗도리를 걸치며 "같이 가도 될까요?"라고 물었다.

나는 고개를 끄덕였다. "집으로 돌아가는 길입니다만, 아마 같은 길이겠지요. 그런데 당신은 이곳에 살지 않습니까?"

묘지기는 작은 격자문을 나와서 삐걱거리는 돌쩌귀를 닫고 대답했다. "아뇨."

두어 걸음 걷는 사이에 그는 한층 친밀해졌다.

"지금까지 하신 말씀, 그야말로 지당합니다. 저기 바깥의 일을 하고 싶다는 사람이 있으니, 정말 이상하지요. 이전에는 그러한 것을 전혀 생각해보지도 않았습니다. 그러나 나이가 든 지금은 때때로 이런저런 생각이 문득 떠오르곤 합니다. 천국이란 어떤 곳일까, 라든가 그 밖의 여러 가지입니다만 모두가 이상한 생각뿐이지요. 이를테면 죽음 같은 것. 죽음에 대해서 도대체 우리는 무엇을 알겠습니까. 겉으로는 모두 알고 있는 것 같지만 실은 아무것도 모릅니다. 내가 일을 하고 있으면, 어느 집 아이인지는 모르지만요, 곧잘 아이들이 주위에 모여듭니다. 바로 그럴 때 지금 말한 것 같은 생각이 떠오릅니다. 그래서 나는 짐승처럼 땅을 팝니다. 머릿속에 있는 온갖 힘을 완전히 끄집어내어 팔에서 소모하자는 것이지요. 무덤은 물론 규정보다도 훨씬 깊어지고, 그 옆에 흙이 산처럼 쌓입니다. 그렇지만 어린아이들은 나의 거친 일

솜씨를 보고 도망가버립니다. 내가 성이 난 것처럼 보이겠지요."
여기까지 말하고 그는 잠시 생각에 잠겼다. 그러고는 "역시 일종
의 분노겠지요. 평소에는 무감각해져서 완전히 극복했다고 생각
하고 있지만요. 그러나 갑자기…… 아무런 소용이 없지요. 죽음
이란 알 수 없는 것, 무서운 것이니까요."

우리는 잎이 다 떨어진 과수원의 긴 외길을 걷고 있었다. 이윽
고 왼쪽으로 밤의 어둠처럼 까맣게 숲이 시작되었다. 머리 위도
곧 어두워질 것 같았다.

"짧은 이야기를 하나 하지요. 마을에 닿을 때까지는 끝날 것
같아요" 하며 나는 상대의 마음을 떠보았다. 그는 고개를 끄덕이
고 낡아빠진 짧은 파이프에 불을 붙였다. 그래서 나는 이야기를
시작했다.

"두 사람이 있었습니다. 남자와 여자입니다. 둘은 서로 사랑했
습니다. 사랑한다는 것은 어디서든 그 무엇도 받지 않는다는 뜻
입니다. 과거에 가졌던 것이라든가 그 밖의 여러 가지 것을 모두
잊어버리고, 오히려 그것을 오직 한 사람에게서 받아들이겠다고
바라는 것입니다. 이들 두 사람도 서로 그러기를 바랐습니다. 그
러나 시간의 흐름 속에서 나날을 맞이하며 지내는 많은 사람들
가운데서는, 어떤 진실한 관계가 생기기 전에는 이러한 사랑이
도저히 이루어질 수가 없습니다. 사방팔방에서 갖가지 사건이
밀려오고 장애물이 언제 어디서 문을 열고 기다리고 있는지 모

릅니다.

그래서 이들 두 사람은 시간에서 벗어나 고독에 몰입하기로 결심했습니다. 시계 치는 소리와 도시의 소요에서 멀리 떨어져서, 두 사람은 거기에 정원으로 둘러싸인 집을 하나 지었습니다. 그 집에는 오른쪽에 하나, 왼쪽에 하나, 이렇게 두 문이 있었습니다. 오른쪽 문은 남자의 문이었습니다. 남자의 것은 무엇이든 이 문을 통해 들어가게 되어 있었습니다. 왼쪽 문은 여자의 문입니다. 여자가 원하는 것은 모두 이 아치를 통해 들어가는 것입니다. 실제로 그렇게 되었습니다. 아침에 먼저 일어난 사람이 밑으로 내려가서 자기의 문을 열었습니다. 그러면 비록 길가에 있는 집은 아니었지만, 밤늦게까지 정말로 갖가지 많은 것이 찾아들었습니다. 손님을 대접할 줄 아는 두 사람의 집에는 풍경이라든가 어깨에 향기를 얹은 바람이라든가 그 밖의 여러 가지 것들이 들어왔습니다. 그러나 그것과 함께 여러 가지 과거의 모습과 운명까지도 이 두 문으로 들어왔습니다. 오는 것은 하나도 거절하지 않고 균등하게 후히 대접했으므로, 모두가 오래전부터 이 황야의 외딴집에 살고 있는 듯한 생각이 들 정도였습니다. 이렇게 긴 세월이 흘렀습니다. 두 사람은 아주 행복했습니다. 왼쪽 문은 오른쪽 문에 비해 약간 자주 열렸으나, 오른쪽 문으로는 화려한 손님들이 들어왔습니다. 그런데 어느 날 아침의 일입니다. 이 오른쪽 문 앞에서 기다리는 것이 있었습니다. 죽음이었습니다. 남자는 그것이 죽음임을 알아차리고, 놀라서 문을 닫고 온종일 굳게 잠가두었습니다. 며칠이 지나자 죽음은 왼쪽 문 앞에 모습을 나타냈습니다. 여자는 떨면서 문을 닫고 든든한 빗장을 걸었습니다. 두 사람은 이 일에 대해 서로 이야기를 하지 않았지만, 문을 여는 일이 두드러지게 줄어들고 집 안에 있는 것으로 꾸려가려고 애썼습니다. 생활은 이전에 비해 훨씬 가난해졌습니다. 저장품은 날로 줄어들고, 지금까지 몰랐던 근심사가 잇달아 생겼습니다. 두 사람 모두 밤잠을 푹 자지 못하게 되었습니다. 이리하여 잠 못 이루는 어느 긴 밤이었습니다. 두 사람의 귀에 동시에, 발을 질질 끄는 소리와 함께 문을 두드리는 듯한 이상한 소리가 들렸습니다. 그 소리는 두 개의 문에서 똑같은 거리에 있는 집 바깥 벽에서 들려왔습니다. 생각 탓인지 마치 돌담 한가운데에 새로운 문을 만들려고 누군가가 돌을 깎아내고 있는 것 같은 소리였습니다. 두 사람은 속으로 흠칫했으나, 아무런 소리도 듣지 않은 듯 행동했습니다. 두 사람은 일부러 이야기를 시작하고, 부자연스러우리만큼 큰 소리로 웃었습니다. 그러다가 지쳐버리자, 벽을 깎는 소리도 딱 멎었습니다. 그 후로 두 개의 문은 완전히 닫혀버렸습니다. 마치 죄수 같은 생활이었습니다. 둘 다 병이 나서 여위고, 기괴한 환상을 보게 되었습니다. 그 소리가 때때로 되풀이될 때마다, 입으로는 웃고 있으나 마음은 불안 때문에 금방 죽을 것만 같았습니다. 더구나 담을 허는 소리가 점점 커지고 점점 확실해지는 것을 알 수 있었습니다. 그러면 두 사람은 한층 더 큰 소리로 말하지 않을 수 없고, 점점 더 허한 소리로 웃지 않을 수 없었습니다."

나는 여기서 입을 다물었다.

"그렇지, 그렇지……." 동행하는 사나이가 말했다. "그런 것입니다. 그것이야말로 진짜 이야기입니다."

"이 이야기는 어느 옛날 책에서 읽은 것입니다만" 하고 나는 덧붙였다. "그때 아주 이상한 일이 있었습니다. 죽음이 여자의 문 앞에도 나타났다는 그 대목에 오래되어 퇴색된 잉크로 자그마한 별표가 그려져 있었습니다. 마치 구름 사이에서 내다보듯이 글자 사이에서 얼굴을 내밀고 있었습니다. 나는 그때 무심코, 여기에 인쇄된 이 몇 줄이 없어진다면 그 자리에 별만 가득히 떠오르지 않을까 생각했습니다. 마치 봄 하늘이 밤늦게 맑아질 때 흔히 볼 수 있듯이 말입니다. 그 뒤로 그런 하찮은 일은 완전히 잊어버리고 있었는데, 그 책 뒤표지에 이르러 같은 모양의 별을 매끈매끈한 광택지에서 다시 보았습니다. 마치 먼젓번의 별 그림자가 호수에 비친 듯한 느낌이었습니다. 그 별표 바로 밑에서 창백한 지면에 물결처럼 흐르는 우아한 글씨가 시작되고 있었습니다. 읽기 어려운 데가 여러 곳 있었으나, 그래도 간신히 전문을 판독할 수가 있었습니다. 대충 다음과 같았습니다.

〈나는 이 이야기를 몇 번이고 되풀이하여 거의 매일같이 읽었습니다. 그래서 간혹 기억을 더듬어서 이야기를 쓴 것은 나 자신이 아닌가 하는 생각이 들 때도 있을 정도입니다. 그런데 나의 경우라면 이 이야기는 앞으로 다음같이 전개될 것입니다.

여자는 죽음을 한 번도 본 적이 없어서 아무런 생각 없이 죽음을 집 안에 들였습니다. 그러나 죽음은 약간 성급하게 양심 따위는 없는 것처럼 말했습니다. '이것을 남편에게 주시오.' 그녀가 의아스러운 듯이 죽음을 빤히 쳐다보자, 죽음은 황급히 이렇게 덧붙였습니다. '씨앗이오. 아주 좋은 씨앗이오.' 그러고는 뒤도 돌아보지 않고 가버렸습니다. 여자는 죽음이 손에 맡기고 간 작은 봉지를 열어보았습니다. 분명히 씨앗 같은 것이 들어 있었습니다. 딱딱하고 보기 흉한 씨앗입니다. 그래서 여자는 생각했습니다. 씨앗이란 미완성인 미래의 것이고 앞으로 무엇이 될지 모른다, 남편에게 줄 수는 없다, 도대체 선물같이 생기지 않았다, 차라리 내 손으로 두 사람의 화단에 심어서 무엇이 자라나는가를 기다려보자, 그 후에 남편을 데리고 가서 이 식물을 기른 경위를 이야기해도 좋을 것이다, 라고. 그리고 여자는 그대로 실행했습니다. 그러므로 두 사람 사이에는 종전과 같은 생활이 이어졌습니다. 남자도 죽음이 자기 문 앞에 서 있다는 것을 잠시도 잊을 수가 없어서 처음에는 다소 불안했지만, 여전히 친절하고 근심 없는 여자의 모습을 보고 얼마 후에 다시 널찍한 자신의 문을 활짝 열어 많은 생명과 빛을 집 안으로 들였습니다. 이듬해 봄이 왔습니다. 화단 한가운데 가느다란 백합 사이에서 작은 관목이 한 그루 자랐습니다. 폭이 좁고 검정빛이 도는 잎은 끝이 약간 뾰족하여 월계수 잎과 비슷했습니다. 그 검정빛에는 독특한 광택이 있었습니다. 남자는 매일같이 식물의 유래를 물어보려고 생각하면서도 그때마다 그만두었습니다. 같은 감정으로 여자도 하루하루 그 설명을 미루었습니다. 이리하여 한쪽에서는 억제된 질문이, 다른 한쪽에서는 유보된 대답이 우연히도 두 사람을 재촉하여 때때로 이 관목 앞으로 이끌었습니다. 이 관목은 검정빛이 감도는 녹색 잎 때문에 그 무렵 이상하게 한층 더 눈에 띄었습니다. 그다음 해 봄이 찾아들었을 때도 두 사람은 딴 초목과 함께 이 관목을 손질하는 일도 게을리하지 않았습니다. 그러나 쭉쭉 자라나는 꽃들에 둘러싸여 이 관목만은 첫해와 마찬가지로 여전히 묵묵하게, 아무리 햇볕을 쬐도 무감각한 얼굴로 있는 것을 보니 아주 슬퍼졌습니다. 그때마다 서로가 비록 말은 하지 않지만 내년 봄에는 꼭 이 관목을 위하여 전력을 다하리라고 결심했습니다. 마침내 기다리던 3년째 봄이 왔습니다. 두 사람은 조용히 손을 맞잡고, 서로가 마음속에 다졌던 일을 하였습니다. 정원은 온통 황폐되어, 백합도 예년보다 창백해 보였습니다. 그런데 답답하고 흐린 하룻밤이 지나 조용히 반짝이는 아침 정원에 두 사람이 내려섰을 때, 그 기괴한 관목의 검고 쭈뼛한 잎 속에서 칙칙한 푸른 꽃 한 송이가 불쑥 얼굴을 내밀고 있었습니다.

봉오리를 감싼 외피는 벌써 터질 듯했습니다. 두 사람은 말없이 서로 손을 잡고 그 앞에 서 있었습니다. 이제 새삼스럽게 할 말도 두 사람에게는 없습니다. 이제야말로 죽음의 꽃이 핀다고 생각했기 때문입니다. 두 사람은 이 앳된 꽃의 향기를 맡으려고 함께 몸을 굽혔습니다. 그런데 이날 아침부터 세상은 모두가 일변하고 말았습니다.〉 그 옛날 책의 뒤표지에는 이렇게 적혀 있었습니다." 나는 말을 맺었다.

"그것을 누가 썼을까요?" 그 사나이는 대답을 재촉했다.

"글씨로 보아서는 여자입니다." 나는 대답했다. "그러나 그런 것을 따져보아야 별 소용이 없습니다. 글자가 완전히 퇴색되어 있고 약간 고풍스러웠습니다. 세상을 떠난 지 오래된 것 같습니다."

그 사나이는 깊이 생각에 잠겨 있었다. 그러다가 마침내 고백했다. "한갓 이야기에 지나지 않는데 사람을 무척 감동시키는군요."

"이야기를 자주 듣지 않기 때문입니다." 나는 위로했다.

"그럴까요?" 그는 나에게 손을 내밀었다. 나는 그 손을 힘 있게 잡았다. "그런데 이 이야기를 다른 사람에게도 들려주고 싶군요. 괜찮을까요?"

나는 고개를 끄덕였다.

그러자 그는 갑자기 생각난 듯이 말했다. "그런데 나에게는 아무도 없는걸요. 도대체 누구에게 이야기하면 좋을까요?"

"그것은 간단합니다. 당신의 작업을 보러 오는 아이들에게 들려주십시오. 그런 좋은 상대가 어디 있겠습니까?"

어린아이들은 분명히 지금까지의 세 이야기를 모두 들었다. 물론 그중에는 저녁 구름들을 장황하게 되풀이한 이야기도 있지만, 내가 알고 있는 것이 틀림이 없다면 그것도 겨우 일부분이 되풀이된 데 지나지 않는다. 아이들은 아무튼 아직 작아서, 우리보다는 그만큼 저녁 구름에서 멀리 떨어져 있는 것이다. 그러나 이 이야기에는 도리어 그것이 좋을 것이다. 한스가 아무리 요령 있게 장광설을 늘어놓아도, 아이들은 그러한 사건이 자기들 어린이의 세계에서 일어나고 있다는 것을 잘 알고서 오히려 전문가의 입장에서 나의 이야기를 비판적으로 고찰해줄 것이다. 아무튼 아이들 사이에서는 문제없이 간단히 할 수 있는 것을 우리 어른들이 얼마나 힘들이고 또 어렵게 체험하는가를 아이들이 모른다는 것은 그래도 다행이라고 하지 않을 수 없다.

절실한 필요에서 생긴 협회

우리 고장에도 일종의 예술가 협회 같은 것이 있다는 것을 나는 요즘에 와서야 알았다. 누구나 쉽게 상상할 수 있듯이 그 협회는 절실한 필요에서 생긴 것이다. 그런데 그 협회는 지금 전성기라는 소문이다. 무릇 협회란 무엇을 해야 할지 전혀 알지 못할 때 오히려 번영하게 마련이다. 왜냐하면 하나의 완전한 협회가 되려면 모두 그렇게 해야만 한다고 듣고 있기 때문이다.

예의 바움 씨가 명예회원, 창설자, 추진위원 등의 모든 것을 한 몸에 짊어지고서 여러 가지 명예직을 적당히 감당해가느라 무척 고심하고 있다는 말은 여기에서 새삼스레 할 필요도 없을 것이다. 바움 씨가 나에게 한 청년을 보내 '아벤트(저녁 모임)'에 참석해달라고 전해왔다. 나는 물론 청년에게 정중히 감사의 뜻을 표하고 나서, 최근 5년 동안의 내 행동 범위가 지금 청년이 권고하는 것과는 정반대라는 말을 덧붙였다. "한번 생각해보십시오." 나는 그 자리에 어울리게 정색을 하고 설명했다. "그 이후로 어떤 단체에서나 늘 빠져나오려 하고 있습니다. 나를 붙잡아두는 단체가 여럿 있기는 합니다만." 청년은 처음에는 깜짝 놀라고, 이어서 존경으로 가득 찬 유감의 뜻을 표하면서 나의 발목을 쳐다보았다. 아마도 내 다리를 보고 구체적으로 '빠져나오다'라는 말의 의미를 깨달았던 모양이다. 납득이 간 듯이 고개를 끄덕였으니까. 그것이 마음에 들어, 마침 외출하려던 나는 도중까지 같이 가자고 권해보았다. 우리는 시가를 지나서 정거장 쪽으로 걸어갔다. 내가 교외에 볼일이 있었기 때문이다. 우리는 여러 이야기를 나눴다. 그래서 그 청년이 음악가라는 것을 알게 되었다. 그는 그 사실을 조심스럽게 말했다. 겉으로는 도저히 음악가로 보이지 않았다. 숱 많은 머리카락 말고는, 말하자면 넘칠 듯한 친절미가 이 청년의 특징이었다. 그다지 멀지도 않은 길을 가는 동안 그는 내가 호주머니를 뒤질 때 두 번이나 내 장갑을 벗겨주는가 하면 우산을 받쳐주기도 했다. 또한 내 수염에 무엇이 붙어 있다거나 코끝에 그을음이 묻었다고 얼굴을 붉혀가며 알려주곤 했다. 뿐만 아니라 그런 말을 할 때는 청년의 야위고 가느다란 손가락이 길게 뻗어 와서, 손가락까지도 자꾸만 그런 친절을 베풀며 내 얼굴로 가까이 오고 싶어하는 그런 태도였다. 게다가 청년은 열중한 나머지 때때로 뒤처져서 나뭇가지에 겨우 매달려 있는 나뭇잎을 따서 아주 만족스러운 듯이 내게 갖다주곤 했다. 이러한 상태로 계속 지체하다가는 늦겠다고 생각했기 때문에 (정거장까지는 아직도 꽤 멀었다) 이 동행자를 잠시 내 곁에 붙잡아두기 위해서 무슨 이야기를 들려주기로 결심했다.

나는 곧 시작했다. "현실적인 필요에서 생긴 이런 종류의 단체가 창립에 이르기까지의 경위에 대해서는 나도 잘 알고 있습니다. 그 이유를 들려드리지요. 그다지 오래된 일은 아닙니다. 화가 세 사람이 우연히 어느 오래된 도시에서 만났습니다. 물론 이들 세 화가는 예술에 대한 이야기는 하지 않았습니다. 적어도 그렇게 보였습니다. 그들은 그날 저녁에 어느 낡아빠진 여관 구석방에서 여행의 모험이나 여러 가지 체험을 이야기하며 지냈습니다. 그들의 이야기는 차츰 짧아지다가 낱말만이 오가고, 마침내는 노상 주고받는 두어 가지 농담만 남았습니다. 오해를 막기 위해 우선 해두어야 할 말은, 그들은 이른바 선천적인 진짜 화가이지 결코 엉터리 화가는 아니라는 것입니다. 이 구석방의 삭막한 하룻저녁도 결코 이것을 부정하지는 못합니다. 그 뒤에 이 하룻저녁이 어떻게 지나갔는가를 곧 알게 될 것입니다. 그런데 이 여관에 다른 사람들이 들어왔습니다. 이른바 속인들입니다. 화가들은 완전히 흥이 깨져서 곧 일어났습니다. 그런데 문밖으로 한 걸음 나온 순간 그들은 완전히 딴사람이 되었습니다. 서로 약간의 간격을 두고 거리 한복판을 걸어갔습니다. 그들의 얼굴에는 크게 웃은 흔적이 저 현저한 안면의 혼란으로 아직 남아 있습니다. 그러나 그 눈은 모두가 진지하게 사물을 관찰했습니다. 한가운데에 있던 화가가 오른쪽 화가를 툭 쳤습니다. 이 화가는 무슨 뜻인지 즉시 이해했습니다. 그들의 눈앞에 따스하고 깨끗한 어스름이 깔린 좁은 거리가 있었습니다. 그 거리는 약간 오르막이어서 원근법 효과가 잘 나타났습니다. 더구나 야릇한 신비감이 넘쳐흐르면서도 친근감 같은 것이 있었습니다. 세 화가는 잠시 동안 이 광경을 바라보았습니다. 아무도 말을 하지 않았습니다. 말로는 표현할 수 없다는 걸 알았기 때문입니다. 말로는 표현할 수 없는 것이 많았기에 그들은 화가가 된 것입니다. 어디서인지 갑자기 달이 떠올라 한 박공(博栱)을 은빛으로 그려냈습니다. 어느 집에선가 노랫소리가 들려왔습니다. '촌스러운 효과를 노리는군…….' 가운데 화가가 중얼거렸습니다. 세 사람은 다시 발걸음을 옮겼습니다. 먼저보다는 약간 다가붙어서 걸었지만, 여전히 세 사람이 길을 가로막고 있었습니다. 그러다가 뜻밖에 한 광장에 다다랐습니다. 이번에는 오른편 화가가 모두의 주의를 환기시켰습니다. 이처럼 한층 넓은 전망에서 달은 방해 요소가 아니라 반대로 꼭 필요한 존재였습니다. 달은 광장을 한층 크게 보이게 하고, 즐비한 집들은 놀란 듯이 가만히 귀 기울이는 듯한 표정을 보였습니다. 그리고 달빛에 비친 포장도로는 중간

쯤에서 우물과 그 투명한 짙은 그림자에 의해서 사정없이 둘로 절단되어 있었습니다. 이 대담성에 화가들은 굉장히 압도되었습니다. 세 사람은 서로 바싹 다가서서 이 정취를 만끽했습니다. 그러나 무참히도 방해를 받았습니다. 가벼운 종종걸음이 다가오자, 어두운 우물 그늘에서 남자의 모습이 나타나서 맞았습니다. 흔히 있는 달콤한 장면입니다. 아름다운 장소는 순식간에 통속적 삽화로 변하고, 세 화가는 일제히 얼굴을 돌렸습니다. '이것도 지긋지긋한 단편소설의 소재로군.' 오른쪽 화가가 곁의 연인들을 전문 용어로 정확히 표현하면서 소리쳤습니다. 다 같이 분노에 찬 화가들은 오랫동안 목표도 없이 거리를 헤매며 끊임없이 그림의 모티브를 찾았습니다. 그러나 그때마다 반드시 진부한 상황이 일어나서 모든 정경의 정적과 단순성이 파괴되는 바람에 화만 치밀었습니다. 한밤중에 여관으로 돌아온 그들은 가장 나이 어린 왼쪽 화가의 방에 모였습니다. 잠을 자려는 사람은 하나도 없었습니다. 밤 산책이 그들의 마음속에 무수한 계획과 구상을 일깨워주었습니다. 동시에 그것으로 세 사람이 근본적으로는 동일한 정신이라는 것을 깨닫고 매우 흥미를 느끼며 서로의 의견을 주고받았습니다. 그들이 나무랄 데 없는 문장으로 말을 했다고는 할 수 없습니다. 그들은 보통 사람으로서는 전혀 알 수도 없는 말을 늘어놓았습니다. 그러나 그들끼리는 아주 잘 이해되었고, 그 덕택에 이웃 방에 묵은 사람들은 모두 아침 4시경까지 잠들 수 없었습니다. 그러나 이 긴 회합은 눈에 보이는 현실적 효과를 거두었습니다. 일종의 협회 같은 것이 생겼습니다. 협회는 세 화가의 의도와 목적이 서로 멀어질 수 없을 정도로 상통되어 있음이 확인된 순간에 이미 생겨난 것입니다. 협회의 첫 번째 결정은 곧 실천으로 옮겨졌습니다. 약 세 시간 거리에 있는 시골에 공동으로 농가 한 채를 빌렸습니다. 도시에 머무를 의미가 없었겠지요. 우선 그 시골에서 스타일을 얻고자 했기 때문입니다. 일종의 확실한 개성, 시선, 필치 등 그것 없이도 화가의 생활은 할 수 있지만 그림은 그릴 수 없는 일체의 것을 얻으려고 했습니다. 이런 장점을 모두 얻기 위하여 서로 협력하는 것, 즉 '협회'를 이용하려고 했습니다. 특히 유용한 것은 이 협회의 명예회원인 자연이었습니다. '자연'이라는 말에서 화가들은 하느님이 창조했거나 경우에 따라서는 창조했을지도 모르는 모든 것을 마음속에 그려냅니다. 울타리, 집, 우물…… 이러한 것은 모두가 인간의 손으로 만든 것입니다. 그러나 이러한 것이 잠시 동안 풍경 속에 서 있다가 수목이나 덤불, 그 밖의 주변 풍물에서 일종의 영향을 받아들이면, 말하자면 그것은 하느님의 소유로 옮겨 가고 따라서 동시에 화가의 재산이 됩니다. 왜냐하면 경우에 따라서는 하느님도 예술가와 재산을 같이 지니고 또 가난도 같이하니까요. 그런데 세 사람 공동의 농가 주위에 펼쳐진 자연에는 특별히 풍요한 재산이 없다고 하느님은 생각했습니다. 그러나 오래지 않아서 화가들은 하느님에게 그렇지 않다는 것을 깨우쳐주었습니다. 그 지방은 평탄했습니다. 그것을 부정할 수는 없습니다. 그러나 그 그늘의 깊이와 그 빛의 높이에서 심연과 정상이 생기고, 그 사이에 넓은 목장과 기름진 전답에 호응하는 무수한 중간색이 있었습니다. 이 목장과 전답의 영역은 그림 소재로서 한 산악 지대의 가치가 있었습니다. 수목은 조금뿐이고 식물학적으로 보면 거의 같은 종류입니다. 그러나 수목들의 표현하는 느낌, 이를테면 가지에 감도는 동경이나 줄기에 깃든 외경(畏敬)에 의해서 수목들은 무수한 개성적 존재로 보였고, 몇 그루의 수양버들은 다양하고 깊이 있는 정취로 언제나 화가들을 놀라게 한 하나의 개성이었습니다. 세 사람의 감격은 매우 컸고 이것으로는 모두가 일체가 된 듯 느꼈기 때문에, 반년 후에 세 사람이 각자 자기 집으로 이사한 것도 별로 의미가 없다고 생각될 정도입니다. 이사는 순수하게 공간적인 이유에서였습니다. 그러나 이 이사에 대해서는 원인과는 별도로 해두어야 할 이야기가 있을 것 같습니다. 세 화가는 이런 짧은 시간에 많은 성과를 거두게 한 그들의 협회 창립 1주년을 어떻게든 기념하고 싶었습니다. 그래서 각자가 몰래 서로의 집을 그리기로 결의했습니다. 정해진 날에 자기 그림을 가지고 모였습니다. 그러나 뜻밖에도 서로의 집에 대하여 그 위치며 합리성 등에 대한 이야기를 하다가 너무 열을 올리는 바람에, 마침내 가지고 온 그림은 완전히 잊어버리고 짐을

풀지도 않은 채 밤늦게 집으로 도로 가져가고 말았습니다. 왜 그렇게 되었는지 알 수가 없었습니다. 그런데 다음번에도 그들은 서로 그림을 꺼내 보이지 않았습니다. 한 사람이 다른 사람을 방문했을 때에도 (일이 많아지면서 방문은 차츰 드물어졌습니다만) 그 친구의 그림틀에는 공동으로 같은 농가에 살던 무렵의 스케치 정도밖에 보이지 않았습니다. 그런데 어느 날 오른쪽 화가가 (그는 지금도 오른쪽에 살고 있기 때문에 앞으로 계속 이렇게 불러도 무방하겠지요) 가장 나이 어리다고 한 화가의 집에서 제목만 알리고 아직 보인 적 없는 그 기념 그림을 발견했습니다. 그는 잠시 동안 자세히 들여다보다가 밝은 곳으로 가지고 나와서 갑자기 껄껄 웃었습니다. '이것 보게, 이건 전연 몰랐어. 내 집을 그럭저럭 이해하고 있는 것 같군. 실로 재치 있는 캐리커처야. 이 형태와 색의 강조, 원래부터 약간 극단적인 박공의 대담한 묘사, 정말이지 이것은 상당한 것이로군.' 나이 어린 화가는 뜻밖에도 기분 좋은 얼굴을 하지 않고 오히려 당황하며, 한가운데 살고 있는 화가의 집으로 가서 가장 분별 있는 이에게서 위안을 받으려 했습니다. 그는 이러한 사건이 생기면 바로 소심해져서 자기 재능을 의심하기 때문이었습니다. 찾아갔는데 가운데 화가는 집에 없었습니다. 잠시 아틀리에를 서성거리자니 심한 반발심을 불러일으키는 그림 하나가 당장 눈에 띄었습니다. 그것은 집이었습니다. 이 따위 현관이라니! 이러한 집을 지은 사람은 건축 지식이 하나도 없는 자로서, 한심스러운 회화적 관념만을 응용한 것입니다. 그는 갑자기 손가락을 데기나 한 것처럼 그 그림을 그 자리에 집어 던졌습니다. 그 그림 왼쪽 구석에, 1주년 기념일 날짜와 함께 '우리 중에서 가장 어린 자의 집'이라고 적혀 있었습니다. 그는 물론 주인이 돌아오기를 기다리지 않고 약간 불쾌해져서 집으로 돌아갔습니다. 그 후로 나이 어린 화가와 오른쪽 화가는 경계를 하게 되었습니다. 두 사람은 서로 다른 모티브를 찾게 되고, 그들을 그처럼 자극하던 협회의 창립 2주년을 위한 준비 같은 것은 물론 생각해보지도 않았습니다. 가운데 화가는 아무것도 몰랐기 때문에 오른쪽 화가의 집을 모티브로 열심히 그리고 있었습니다. 그 집 자체를 제작의 테마로 선정하기에는 무엇인가 기분 내키지 않는 것이 있었습니다. 그런데 완성된 그림을 오른쪽 화가에게 가지고 갔더니, 이상하게도 서먹서먹한 태도를 보이며 그림을 힐끗 쳐다볼 뿐 적당히 얼버무리는 것이었습니다. 그러고는 잠시 후에 이렇게 말했습니다. '아무튼 자네가 최근 그렇게 멀리 여행을 떠난 줄은 전혀 몰랐네.' '뭐라고, 멀리? 여행을 떠났다고?' 가운데 화가는 한마디도 그 뜻을 알 수가 없었습니다. '그런데 이것은 훌륭한 작품이군' 하고 상대는 대답했습니다. '이것은 분명히 네덜란드풍 모티브군…….' 신중한 가운데 화가가 큰 소리로 웃었습니다. '굉장하군. 이 네덜란드의 모티브는 자네 집 앞에 있는 것이네.' 언제까지나 웃음이 그치질 않는 모양이었습니다. 그러나 상대편 회원은 웃지 않았습니다. '멋있는 농담이군.' 이렇게 말했을 뿐입니다. '아냐, 그렇지 않아. 문을 열어보게, 당장에 보여주지…….' 이렇게 말하면서 가운데 화가는 직접 문 쪽으로 걸어갔습니다. '그만두게.' 집 주인은 잘라 말했습니다. '분명히 말해두는데, 나는 이 부근에 눈을 돌린 적 없고 또 앞으로도 눈을 돌리지 않겠네. 이 부근 같은 것은 내 안중에 전혀 존재가치가 없으니까.' '하지만' 하고 가운데 화가가 깜짝 놀라며 말했습니다. 오른쪽 화가는 완전히 흥분해서, 개의치 않고 말을 이었습니다. '자네는 끝까지 버티는군. 좋아, 나는 오늘 중으로 여행을 떠나겠어. 자네가 나를 추방한 거야. 나는 이런 풍경 속에서 살고 싶지 않다고. 알겠나?' 이렇게 하여 우정은 끝이 났습니다. 그러나 협회는 그렇지 않습니다. 왜냐하면 협회는 오늘날까지 정관상으로 아직 해산되지 않았으니까요. 아무도 거기까지는 생각이 미치지 못했습니다. 그러므로 협회가 전 세계에 퍼졌다고 해도, 틀린 말이라 할 수 없겠지요."

"알겠습니다." 벌써부터 무슨 말을 하고 싶어서 끊임없이 입술을 움직거리던 친절한 청년이 내 말을 가로막았다. "단체 생활에서 오는 저 굉장한 성과의 하나로군요. 분명히 수많은 대가들이 이런 긴밀한 결합에서 태어났습니다……."

"죄송합니다만" 하고 내가 양해를 구했다. 그는 뜻밖에도 내 옷소매의 먼지를 살짝 털어주었다. "지금 말씀드린 것은 원래

내 이야기의 서론에 지나지 않습니다. 하기야 이것이 이야기 자체보다 더 복잡합니다만. 그런데 이 협회가 온 세계에 퍼졌다고 말했습니다만, 이것은 사실입니다. 이들 세 사람의 회원은 너무나 놀라서 서로 뿔뿔이 달아났습니다. 어디에도 그들의 안식처는 없었습니다. 언제나 각자가 두려워한 것은, 다른 두 사람이 자기가 살고 있는 나라를 알아서 그것을 비열한 묘사로써 더럽히지나 않나 하는 것이었습니다. 그래서 세 사람이 지구의 원주 위서로 떨어진 세 지점에 도달했을 때, 각자가 고생 끝에 얻은 하늘에 다른 동료들도 이를 수 있으리라는 완전히 절망적인 생각을 했습니다. 이 무서운 순간에 세 사람은 동시에 그들의 그림들을 가지고 후퇴하기 시작했습니다. 다섯 걸음만 더 후퇴했더라면 지구의 가장자리에서 무한한 공간으로 떨어져서 굉장한 속도로 지구와 태양의 주위를 나는 이중의 운동을 할 뻔했습니다. 그러나 하느님의 동정과 배려가 이 무서운 운명을 미연에 방지했습니다. 하느님은 이 위험을 알고서, 최후의 순간에 (달리 어떻게 할 수 있었겠습니까) 하늘 중앙에 나타나셨습니다. 세 사람의 화가는 깜짝 놀랐습니다. 이젤을 단단히 세우고 팔레트를 손에 들었습니다. 이 기회를 놓칠 수는 없었습니다. 하느님이 매일 나타나는 것도 아니고, 또 누구에게나 나타나는 것도 아닙니다. 물론 세화가도 하느님은 자기 앞에만 나타나는 것이라고 생각했습니다. 어쨌든 그들은 이 흥미 있는 제작에 점점 깊이 몰두했습니다. 하느님이 다시 천국으로 되돌아가려고 할 때마다, 성 누가가 하느님에게 세 화가가 그림을 완성할 때까지 잠깐만 밖에 계셔달라고 부탁했습니다."

"그 화가들은 아마 틀림없이 그 그림을 전람회에도 내고, 또 벌써 팔아버렸을지도 모르겠군요?" 청년 음악가는 지극히 부드러운 음성으로 물었다.

"천만에요." 나는 부정했다. "그들은 여전히 하느님을 그리고 있습니다. 아마 죽을 때까지 하느님을 그리겠지요. 그러나 만일, 그런 일은 도저히 있을 수 없는 일이라고 생각합니다만, 그들이 살아 있는 동안에 다시 한 번 만나서 하느님 그림을 서로 보인다면, 아마 그 그림들은 구별할 수 없을 만큼 비슷하지 않을까요?"

어느 사이에 정거장에 이르러 있었다. 아직 5분의 여유가 있었다. 나는 젊은 음악가에게 함께 와준 데 대한 감사를 하고, 그가 당당히 대표하고 있는 그 젊은 협회의 앞길을 축복했다. 작은 대합실 창턱에 쌓인 먼지를 오른쪽 집게손가락으로 가볍게 닦아내면서 청년은 깊은 생각에 잠겨 있었다. 나의 하찮은 이야기가 그를 이처럼 생각에 잠기게 했노라고 약간은 자랑스럽게 여긴 것을 고백하지 않을 수 없다. 이별의 표시로 그가 내 장갑에서 빨간 실 한 올을 뽑아냈을 때, 나는 감사한 마음으로 이렇게 말했다. "들길을 지나서 돌아갈 수 있습니다. 그것이 한길보다 훨씬 가깝습니다."

"죄송합니다만" 하고, 친절한 청년은 인사를 하면서 대답했다. "역시 한길로 해서 가겠습니다. 지금, 그것이 어디였던가 하고 생각하고 있습니다. 당신의 정말 중요한 이야기를 듣는 동안에 밭에서 낡은 윗도리를 입은 허수아비를 본 것 같습니다. 아마 왼쪽이던가요? 옷소매가 말뚝에 걸려서 전연 펄럭이지 못했습니다. 그래서 약간의 의무감을 느꼈습니다. 즉 일종의 협회로서, 누구나가 무엇을 해야 한다고 여겨집니다. 이 인류 공통의 이익을 위하여 나의 하찮은 공헌은 저 왼쪽 옷소매를 그 본래의 목적, 즉 펄럭일 수 있게 되돌리는 것이라는……." 청년은 사랑스러운 미소를 지으면서 가버렸다. 그런데 나는 하마터면 기차를 놓칠 뻔했다.

이 이야기의 일부가 이 청년에 의해 협회의 '아벤트'에서 노래로 불렸다. 누가 작곡해주었는지 모르겠다. 지도자인 바움 씨가 이것을 아이들에게 전했다. 아이들은 그중 몇 절을 외고 있다.

거지와 자존심이 센 소녀

우연히 우리(학교 선생과 나)가 다음과 같은 작은 사건의 목격자가 되었다. 근처 숲 언저리에 가끔 나이 많은 거지가 서 있었다. 오늘도 와 있었는데, 여느 때보다 더 초라하고 비참한 차림이었다. 동정심이 보호색으로 변했는지, 거지가 기대고 있는 썩어 빠진 판자벽이 거지와 거의 분간할 수 없을 정도였다. 거기에 아직 어린 계집아이 하나가 종종걸음으로 달려가서, 거지에게 동전 한 닢을 베풀었다. 이것뿐이라면 별로 신기할 것도 없는데, 베풀 때의 몸짓이 무척 의표를 찌르는 것이었다. 계집아이는 아주 얌전하게 무릎을 굽히고 목례를 한 다음, 남이 볼 수 없도록 재빨리 손에 쥐고 있던 것을 노인에게 주고서, 다시 한 번 무릎을 굽히며 목례를 하고 이내 사라졌다. 전후 두 번에 걸쳐서 무릎을 굽히고 한 그 목례는 적어도 황제가 받기에 어울릴 만한 가치가 있었다. 그것이 도리어 선생의 기분을 상하게 했다. 선생은 당장에 거지에게 다가가려고 했다. 아마도 그 판자벽에서 거지를 쫓아낼 모양이었다. 이미 알고 있는 바와 같이, 선생은 빈민구호협회의 이사를 맡고 있으며, 본래부터 노상의 거지에 대해서는 몹시 불쾌하게 여기고 있었기 때문이다.

나는 선생의 팔을 잡고 말렸다. "저 사람들은 우리에게서 원조를 받고 있습니다. 아니, 부양을 받고 있다고 해도 과언이 아닙니다."

선생은 서슬이 퍼레졌다. "그런데도 저렇게 노상에까지 나와서 구걸을 한다는 것은 다름 아닌…… 불손입니다."

"선생님" 하고 나는 그를 진정시키려고 했지만, 선생은 그대로 나를 숲으로 끌고 갔다. "선생님……" 하고 나는 간청했다. "당신에게 이야기를 하나 들려드려야겠습니다."

"이렇게 급할 때요?" 선생은 밉살스러운 듯이 물었다.

나는 그의 말은 진정으로 받아들였다. "그렇습니다. 지금이라야 합니다. 우리가 방금 우연히 목격한 것을 선생님이 잊어버리기 전에 말입니다."

선생은 먼젓번 이야기 후로 나를 신용하고 있지 않다. 나는 그것을 선생의 표정에서 알아내고는 적당히 말을 메웠다. "절대로 하느님에 대한 것은 아닙니다. 정말입니다. 이번 이야기에는 하느님이 나오지 않습니다. 역사적인 이야기입니다." 이 말로 나는 승리를 거두었다. '역사'라는 말 한마디만 하면 되는 것이다. 그러면 어떤 교사든 당장에 귀를 기울인다. 역사란 어디까지나 존중해야 하는 것이고, 안전한 것이며, 또 교육에도 간혹 이용할 수가 있기 때문이다. 나는 선생이 또다시 안경을 닦는 것을 보았다. 이것은 분명히 시력이 귀 쪽으로 향했다는 증거였다. 나는 이러한 순간을 놓치지 않고 이용하는 법을 알고 있었다.

　나는 시작했다.

　"장소는 피렌체, 때는 로렌초 데 메디치가 아직 젊고 지배자가 되기 전입니다. 마침 '바코와 아리아나의 승리'라는 시를 썼을 때의 일입니다. 어느 정원이든 가는 곳마다 이 시를 읊는 소리가 드높았습니다. 당시에는 아직 살아 숨 쉬는 노래가 있었던 것입니다. 노래는 시인의 어둑어둑한 마음속에서 피어나 사람들의 음성이 되어 마치 은으로 만든 거룻배를 탄 듯 두려움 없이 미지의 세계로 떠갔습니다. 시인이 노래를 시작하면 그것을 부르는 모든 사람이 그 노래를 완성시켰습니다. 당시의 노래가 대개 그러했듯이, 그 '승리'도 생명을 찬양하고 있습니다. 생명이란 황홀하게 노래하는 밝은 현과 어둑어둑한 배경, 즉 피의 도취감을 가지는 바이올린입니다. 길이가 다른 절이 차츰 드높아지면서, 비틀거리는 환희 속으로 들어갑니다. 그리하여 몇 번이나 환희에 도취되어 숨조차 꺼질 듯할 때에는 반드시 짧고 간단한 반복구가

붙습니다. 마치 아찔한 높은 봉우리에서 심연을 들여다보고는 간담이 서늘해져서 눈을 감는 것과 같습니다. 그 반복구는 이러했습니다.

즐거운 청춘은 아름답건만,
달아나서 후회한다, 누가 잡으리.
마음껏 기뻐하라, 오늘의 청춘,
내일이면 덧없이 흘러가는 것.

이 시를 노래하는 사람들의 가슴에 일종의 초조감이 생긴 것은 이상한 일이 못 되지요. 말하자면 이 오늘이라는 보람 있는 단 하나의 바위에 모든 축제를 쌓아 올리려는 노력입니다. 저 피렌체파 화가들의 그림에 많은 인물이 밀집해 있는 이유도 실은 여기에 있습니다. 그들은 자신들이 알고 있는 모든 왕후와 부인과 친구를 하나의 그림 속에 망라하려고 했습니다. 왜냐하면 제작 진도가 늦었고, 다음 작품에 착수할 때 과연 모두가 지금과 다름없이 젊고 고우며 다정하게 지내고 있을지 매우 의심스러웠기 때문입니다. 이 초조의 정신이 청년들에게 가장 뚜렷이 나타났습니다. 그중에서도 가장 화려한 청년들이 연회가 끝난 후에 스트로치의 저택 테라스에 앉아서, 산타 크로체 교회 앞에서 곧 시작될 축제 경기에 대한 이야기를 하고 있었습니다. 조금 떨어진 회랑에는 팔라 델리 알비치가 친구인 화가 토마소와 함께 서 있었습니다. 두 사람은 점점 흥분하면서 무엇을 논하고 있는 듯 했고, 마침내 토마소가 갑자기 소리쳤습니다. '자네는 그런 것을 할 수 없어. 맹세코 자네는 할 수 없어.' 그래서 다른 사람들도 눈길을 모았습니다. '무슨 일이지?' 가에타노 스트로치가 몇몇 친구들과 함께 다가오며 물었습니다. 토마소가 설명했습니다. '팔라가 축제일에 저 거만한 베아트리체 알티키에리 앞에 무릎을 꿇고 그녀의 먼지 묻은 옷자락에 키스의 허락을 청하겠다고 하지 않습니까.' 모두가 웃었습니다. 리카르디 가(家) 출신의 리오나르도가 말했습니다. '팔라는 깊이 생각해보았겠지요. 어떠한 미인이라도 다른 때에는 절대로 보이지 않는 미소를 자기에게는 보여줄 것이라고요.' 그러자 다른 남자가 덧붙였습니다. '그런데 그 베아트리체는 아직 너무 어린 데다가 입술도 젖내가 나고 딱딱해서 미소를 지을 수가 없지. 그래서 저렇게 거만스럽게 보이는 거야.' '아니야……' 팔라 델리 알비치는 몹시 격한 어조로 말했습니다. '그녀가 거만스럽게 보이지만 그것은 젊음의 탓이 아니야. 그 거만스러움은 미켈란젤로가 손에 쥐고 있는 돌이나, 성모상에 그려져 있는 꽃이나, 다이아몬드에 비치는 햇빛이 거만스러운 것과 같은 것이야……' 가에타노 스트로치가 약간 심하게 가로막으며 말했다. '팔라, 자네도 거만스럽군. 자네 말은 마치 거지들 틈에 섞이고 싶다는 듯이 들리네. 저녁 미사 때 저 산

티시마 아눈치아타 교회의 정원에서 베아트리체 알티키에리가 외면을 한 채 1솔도를 베풀어줄 때까지 기다리고 있는 거지들 말이야.' '그런 짓이라도 하겠어요!' 팔라는 눈을 반짝이며 소리치고 나서, 친구들 사이를 마구 헤치며 계단 쪽으로 가더니 이내 사라져버렸습니다. 토마소가 뒤쫓으려고 하자 스트로치가 말렸습니다. '내버려두세요. 지금은 혼자 있는 것이 좋아. 그래야 이성을 빨리 되찾을 수 있으니까.' 그래서 청년들은 정원으로 흩어져 갔습니다.

산티시마 아눈치아타 교회의 앞뜰에는 그날 밤도 남녀 거지 20명 정도가 저녁 미사 시간을 기다리고 있었습니다. 베아트리체는 그들의 이름 하나하나를 다 알았습니다. 때때로 산 니콜로 문(門) 부근에 있는 그들의 가난한 집들로 찾아가 아이들이나 병자들을 만나곤 했는데, 지나갈 때는 언제나 작은 은화를 한 사람에게 하나씩 베풀어주었습니다. 그날 밤은 그녀가 조금 늦는 듯했습니다. 저녁 미사의 종소리가 다 울리고, 아직 저물지 않은 탑 근처에 그 여운만이 감돌았습니다. 가난한 사람들 사이에서 동요가 일었습니다. 알지도 못하는 새로운 거지가 교회 입구의 어둠 속으로 숨어들었기 때문입니다. 그래서 모두가 이 사나이를 시기하여 내쫓으려고 했을 때, 검은 옷을 입은 수녀 같은 젊은 소녀가 앞뜰에 나타났습니다. 자비로운 마음에 걸음이 늦춰지면서도 한 사람씩 보살펴 갔습니다. 그사이에 시녀 한 사람이 지갑을 열어서 약간씩 베풀어주었습니다. 거지들은 무릎을 꿇고 흐느껴 울며 야윈 손가락을 시주의 검소한 옷자락에 갖다 대려고 하든가, 더듬거리는 젖은 입술로 옷자락 끝에 키스를 하려고 했습니다. 이렇게 행렬이 끝났습니다. 베아트리체가 알고 있는 거지는 다 나와 있었습니다. 그러나 그때 입구 그늘에 누더기를 입은 낯선 모습을 보고, 그녀는 놀라고 또 당황했습니다. 여기에 있는 가난한 사람들은 어릴 때부터 모두 알고 있었고, 그들에게 돈을 베풀어주는 것은 그녀에게 당연한 일이었습니다. 말하자면 어느 교회에 가도 입구에 놓여 있는 저 성수를 담은 대리석 그릇에 손을 적시는 것과 같은 행위였습니다. 베아트리체는 자기가 모르는 거지가 있으리라고는 생각지도 못했습니다. 겨우 일부분을 알 뿐 상대의 가난을 아직 확실히 믿을 수 없을 때에도 역시 베풀어주어도 좋다는 그런 권리가 어디에 있을까. 알지도 못하는 사람에게 약간의 것을 베푸는 일은 일찍이 없었던 거만이 아닐까. 이런 무거운 마음과 싸우면서도 소녀는 모르는 척하고 새로운 거지의 옆을 그냥 지나쳐 빠른 걸음으로 천장이 높고 서늘한 교회 안으로 들어갔습니다. 그러나 교회 안에서 미사가 시작되어도 베아트리체는 기도문이 전혀 떠오르지 않았습니다. 아, 그 가난한 사람도 미사가 끝날 무렵에 그 문가에 없지 않을까. 밤이 다가오고 있고, 밤이 되면 낮보다도 가난이 더한층 비참해지는데, 나는 그 사람의 고통을 하나도 덜어줄 수가 없게 되지 않을까. 베아트리체는 말할 수 없는 불안에 휩싸였습니다. 마침내 그녀는 지갑을 맡고 있는 시녀에게 눈짓을 하고, 함께 입구쪽으로 되돌아갔습니다. 문 근처는 어느덧 고요하게 인적이 끊겨 있었습니다. 그러나 그 낯선 사나이는 기둥에 기댄 채 아직 서 있었습니다. 하늘에서 흘러오는 것처럼 멀리서 들려오는, 교회에서 새어 나오는 노랫소리에 가만히 귀를 기울이고 있는 듯했습니다. 사나이의 얼굴은, 문둥병 환자에게 흔히 볼 수 있듯 완전히 가려져 있었습니다. 자기 앞에 가까이 서는 사람이 있어서, 동정과 혐오가 같은 정도로 자기에게 유리하게 작용하고 있다는 확신이 서면 서서히 복면을 벗고 흉측한 상처를 내놓는 것입니다. 베아트리체는 망설였습니다. 그 작은 지갑을 직접 손에 들었고, 매우 적은 푼돈밖에 들어 있지 않다는 것을 손짐작으로 알고 있었습니다. 그래도 그녀는 얼른 결심을 하고 서슴없이 거지에게 다가서서, 자칫 벗어나려고 하는 눈길을 자신의 손에서 떼지 않고 노래하는 듯한 흥분되고 떨리는 목소리로 말했습니다. '저, 당신을 욕되게 하려는 것은 절대로 아닙니다. 저는 당신에게 빚진 것이 있습니다. 그렇습니다. 당신의 부친께서 분명히 우리집의 훌륭한 난간을 만들어주신 것으로 알고 있습니다. 아시다시피 쇠로 만든 조각으로 계단을 장식해주셨습니다. 그 후 언젠가…… 방 안에 있었습니다…… 가끔 부친께서 우리 집에서 일하시던 방에…… 지갑이…… 잃어버리신 것 같습니다…… 분명히…….' 그러나 어쩔 줄 모르고 마구 꾸며낸 이 거짓말을 참을 수가 없어서 소녀는 낯선 사나이 앞에 무릎을 꿇었습니다. 수놓은 비단 지갑을 외투에 덮인 사나이의 손에 억지로 쥐여주고 말을 더듬거렸습니다. '용서해주세요…….'

그러면서도 그녀는 거지가 부들부들 떨고 있다는 것을 알 수 있었습니다. 그리고 베아트리체는 어안이 벙벙해 있던 시녀와 함께 교회 안으로 도망쳤습니다. 잠시 동안 열려 있던 교회 문틈에서 환희의 노랫소리가 흘러나왔습니다. — 이야기는 이것으로 끝입니다. 팔라 델리 알비치 씨는 그대로 누더기를 걸친 채 지냈습니다. 그는 자신의 전 재산을 남에게 주고는 맨발의 가난한 모습으로 시골에 내려갔습니다. 만년에는 수비아코 부근에 살았다고 합니다."

"시대지요, 시대가 문제지요"라고 선생은 말했다. "그런 이야기를 들었다고 해도 별수가 없지요. 그 사나이는 방랑자가 될 뻔하다가, 이 사건 때문에 떠돌이가 되고 괴짜가 되었습니다. 그것뿐입니다. 오늘날에는 그 사나이에 대해 아무도 모를 겁니다."

"그런데 말입니다." 나는 겸손하게 대답했다. "가톨릭교회에서 위령미사를 드릴 때, 이 사나이의 이름이 간혹 대원자(代願者)의 하나로 불립니다. 성자가 되었으니까요."

아이들은 이 이야기도 들었다. 그리고 선생의 기분이 상하는 것에 개의치 않고 이 이야기에도 하느님이 나온다고 주장했다.

여기에는 나도 약간 놀랐다. 왜냐하면 하느님이 나오지 않는 이야기를 하겠다고 학교 선생에게 약속했었기 때문이다. 물론 아이들도 그것을 잘 알고 있을 것이다.

어둠에게 들려준 이야기

나는 외투를 입고 친구 에발트를 찾아가려고 했다. 그러나 책을, 물론 헌책이었지만, 읽느라고 늦어져서 그만 날이 저물고 말았다. 마치 러시아에 봄이 찾아드는 것처럼 순식간의 일이었다. 조금 전까지는 방 구석구석까지도 환하게 보였는데, 이제는 모든 것이 저녁 어스름밖에 보이지 않는 척하고 있다. 그곳에 커다란 검은 꽃이 피어나고, 그 비로드 같은 꽃받침 둘레가 잠자리 날개처럼 반짝거렸다.

다리가 마비된 사람은 이제 창가에 없을 것이다. 그래서 나도 집에 머물렀다. 그에게 무엇을 이야기하려 했는가는 벌써 기억이 나지 않았다. 그런데 잠시 후, 이 잊어버린 이야기를 듣고자 하는 사람이 있는 것 같은 생각이 들었다. 그것은 아마도 멀리 어두운 방의 창가에 서 있는 고독한 사람이거나, 아니면 그 사람과 나와 사물들을 둘러싼 어둠 자신일지도 모른다. 그래서 어둠에게 이야기를 하게 되었다. 그런데 어둠이 점점 내 가까이로 몸을 기울였기 때문에 나는 더욱 낮은 목소리로 이야기할 수 있어서, 이것은 안성맞춤이었다. 아무튼 이야기는 현대의 것으로서, 이렇게 시작되었다.

"오랫동안 떠나 있다가 게오르크 라스만 박사는 갑갑한 고향으로 돌아왔습니다. 고향에 결코 많은 재산이 있었던 것은 아니고, 지금은 두 누이가 행복하게 결혼해서 살고 있을 뿐이었습니다. 12년 만에 이들 누이를 다시 만나는 것이 이번 방문의 목적이었습니다. 그 자신은 그렇게 믿고 있었습니다. 그런데 혼잡한 야간열차에서 잠을 이루지 못했을 때, 실은 자신의 소년 시절 추억 때문에 돌아왔으며, 정든 거리에서 성문과 우물 등 스스로를 재인식시키는 계기가 될 기쁨과 슬픔의 근원을 찾아내고 싶어서 왔다는 것을 분명히 알게 되었습니다. 누구든 그렇게 생활에 젖어 있는 동안에 틀림없이 자기 자신을 잃어버리고 마는 것입니다. 그러자 여러 가지 일이 그의 머리에 떠올랐습니다. 하인리히 거리의 작은 주택에는 반짝이는 방문 손잡이와 검은색으로 칠한 마룻바닥이 있었고, 단정하게 사용하는 가구, 그 곁에는 송구스럽게 몸을 도사리는 지칠 대로 지친 그의 부모가 있었습니다. 텅 비어 있는 홀처럼 빨리 지나가버린 수많은 주일과 일요일, 웃으면서 당혹하여 맞이한 방문객, 음정이 맞지 않는 피아노, 늙은 카나리아, 이제 앉을 수도 없는 선조 대대의 안락의자, 명명일, 함부르크의 숙부, 인형극, 손풍금, 어린이의 집회, 그리고 누군가가 '클라라'라고 부르는 소리. 박사는 하마터면 잠이 들어버릴 뻔했습니다. 기차는 정거장에 멈춰 있고, 램프 불이 오가고, 차바퀴를 탕탕 두드리며 지나가는 망치 소리, 그것이 클라라, 라고 들린다고 완전히 깨어난 박사는 생각했습니다. 누구였더라? 그러자 곧 하나의 얼굴, 매끄러운 금발을 한 소녀의 얼굴이 떠올랐습니다. 그 모습을 확실히 그려낼 수는 없었으나, 박사가 느낀 것은 조용하고 의지할 곳 없는 체념한 태도와 빛바랜 옷을 입었기 때문에 한층 좁아 보이는 가냘픈 두 어깨였습니다. 거기에 어울리는 얼굴을 생각해보았습니다. 그러나 그럴 필요가 없다는 것을 알게 되었습니다. 그것은 존재하고 있기 때문입니다 — 아니, 오히려 존재했던 것입니다 — 그 당시에. 이렇게 라스만 박사는 약간 힘들여서 어린 시절의 유일한 친구 클라라를 생각해내고 있었습니다. 학교에 들어가던 열 살 때까지 자신에게 일어나는 모든 일을 클라라와 함께 나누었습니다. 많은 일이라고도 말할 수 있고, 적은 일이라고도 말할 수 있을 것입니다. 클라라에게는 형제자매가 없었습니다. 그도 마찬가지였습니다. 누이들이 그를 조금도 보살펴주지 않았으니까. 아무튼 그 이후로 그는 누구에게도 클라라에 대해서 물어본 적이 없었습니다. 어떻게 할 수 있었을까요? 그는 몸을 뒤로 기댔습니다. 클라라는 경건한 아이였다고 지금도 기억하고 있습니다. 그래서 자신에게 물어보았습니다. 그후에 그녀는 어떻게 되었을까. 잠시 동안 어쩌면 죽었을지도 모른다는 생각이 들어서 불안해졌습니다. 좁고 혼잡한 차 안에서 무어라고 말할 수 없는 불안이 그를 엄습했습니다. 모든 것이 이 가정을 증명해주는 것 같았습니다. 그녀는 몸이 허약했고, 집안 형편도 별로 좋지 않았으며, 곧잘 울기도 했습니다. 그러니까 틀림없이 죽었을 것이다. 그렇게 생각하니 박사는 잠시도 참을 수가 없었습니다. 잠들어 있는 사람들을 방해하며 그 사이를 뚫고 객차 통로로 나왔습니다. 거기에서 창문을 열고 불꽃이 튕기는 바깥 어둠을 내다보았습니다. 그것으로 마음이 가라앉아서, 한참 후에 객실로 돌아왔을 때에는 옹색한 자세이기는 했으나 곧 잠들 수가 있었습니다.

결혼한 누이들과의 재회는 어쩐지 어색한 점이 있었습니다. 세 사람은 혈연 사이면서도 서로 얼마나 오래도록 소식 없이 지냈는가를 잊고, 잠시 동안은 오누이답게 행동하려고 애썼습니다. 물론 오래가지 않았습니다. 이윽고 세 사람은 침묵 속에 약속이나 한 듯이 모든 경우에 상응하는 사교가 낳은 중음의 어조로 바꾸어 나갔습니다.

작은누이의 집에서였습니다. 그녀의 남편은 특별히 운이 좋은 처지로, 황실 고문관이라는 직함을 가진 공장주였습니다. 오찬의 네 번째 코스가 끝났을 때 박사가 물었습니다. '저, 소피, 클라라는 그 후로 어떻게 되었지요?' '어느 클라라?' '성이 잘 생각나지 않는데, 그 작은, 내가 어릴 때 함께 놀던 이웃집 딸 말이에요.' '아, 클라라 쵤너 말이구나.' '쵤너, 그렇지, 쵤너였지. 이제 겨우 생각이 나네, 쵤너 노인은 약간 무서운 사람이었지……. 그런데 클라라는 어떻게 되었지요?' 누이는 망설이다가 말했습니다. '결혼을 했지만…… 아무튼 지금은 완전히 들어앉아서 살고 있어.' '그렇지'라고 고문관이 말했습니다. 그 순간에 나이프가 쟁그랑하고 접시 위로 미끄러졌습니다. '완전히 들어앉았지.' '당신도 아십니까?' 박사는 매부 쪽으로 몸을 돌렸습니다. '어, 조금은요. 여기서는 많이 알려져 있지요.' 부부는 시선을 교환하면서 서로 고개를 끄덕였습니다. 박사는 무슨 곡절이 있어서 이 일에 대해 이야기하기를 꺼린다는 것을 깨닫고 더 이상 묻지 않았습니다.

커피가 나오고 안주인이 두 사람을 남기고 나갔을 때, 고문관은 이 문제에 흥미를 보였습니다. '클라라라는 여자는' 하고 장난스러운 미소를 지으면서, 은재떨이에 떨어지는 시가 재를 바라보며 물었습니다. '아주 얌전하고 얼굴이 못생긴 아이였지요?' 박사는 잠자코 있었습니다. 고문관은 다정스럽게 다가앉으며 말했습니다. '정말 이야깃거리였지요……. 아직도 듣지 못했나요?' '아직 누구하고도 이야기한 일이 없습니다.' '아니, 이야기한다고?' 고문관은 어처구니가 없다는 듯이 미소를 지었습니다. '신

146

문에 났었지요.' '뭐라고요?' 박사는 신경질적으로 물었습니다.

'말하자면, 남편을 버리고 도망가버렸지요.' 공장주는 시가의 보랏빛 연기를 내뿜으며, 이런 뜻밖의 문구를 내뱉고 무척 유쾌한 듯이 그 효과를 기대했습니다. 그러나 기대가 어그러지자, 사무적인 표정으로 꼿꼿하게 고쳐 앉고서 완전히 달라져 보고 조(調)로 말하기 시작했습니다. 기분이 나빠진 것입니다. '처음에 토목 감독관 레르에게 시집을 갔습니다. 이 사람을 아마 모를 겁니다. 아직 노인은 아니지만 나와 동년배쯤 되지요. 돈이 많고 아주 단정한 사람입니다. 그렇지, 아주 단정한 사람이지. 클라라로 말하면 돈도 없는 데다 예쁘지도 않고 교육도 못 받았고…… 그러나 감독관은 유력한 귀부인이 아니라 겸손한 가정주부를 바라고 있었습니다. 그런데 그 클라라는…… 어느 모임에서나 환영을 받고, 모든 사람이 호의를 보였습니다……. 정말로 그런 태도를 보였습니다……. 그래서 쉽게 지위를 만들 수 있었겠지만. 그런데 클라라는 어느 날, 결혼한 지 2년이 채 못 되어서 도망쳐버렸습니다. 도대체 상상할 수도 없지요. 도망을 치다니. 어디로? 이탈리아로 말입니다. 팔자 좋은 유람 여행, 물론 혼자는 아니지. 우리 집에선 지난 1년 동안 한 번도 초대하지 않았는데…… 마치 예감이나 한 것처럼! 토목 감독관은 나의 친구고, 신사고, 상당한 남자…….'

'그래서 클라라는요?' 박사는 그의 말을 가로막고 자리에서 몸을 일으켰습니다. '아, 그렇지. 바로 천벌을 받았지요. 즉 문제의 남자는 — 예술가라고 합니다 — 경박한 녀석이지. 물론, 그것뿐인 이야기고…… 이탈리아에서 돌아와 뮌헨에서 헤어지고는 사라져버렸지. 그 여자는 지금 아이와 함께 살고 있지요.'

라스만 박사는 흥분해서 방 안을 왔다 갔다 했습니다. '뮌헨에?' '그렇지, 뮌헨에'라고 고문관은 대답하고 무심하게 일어섰습니다. '아무튼 비참한 생활을 하고 있다는 소문이더군요…….' '비참하다는 것은?' '그러니까' 하고 고문관은 시가를 물끄러미 쳐다보았습니다. '그것은 경제적으로, 그리고 일반적으로……. 아무튼…… 그런 생활로는…….' 갑자기 그는 깔끔히 매만진 손을 처남의 어깨에 올리고, 만족한 나머지 목구멍을 꿀꺽거렸습니다. '아무튼 풍문으로는 그녀가 생계를 위해서…….' 박사는 몸을 홱 돌려 방에서 나가버렸습니다. 고문관의 손이 별안간 처남의 어깨에서 떨어져버렸습니다. 그는 10분 동안이나 놀라움이 가라앉지 않았습니다. 그래서 아내에게로 가서 성난 듯이 말했습니다. '내가 늘 말했지만, 당신 동생은 정말 괴짜야.' 마침 꾸벅꾸벅 졸고 있던 아내는 졸린 하품을 했습니다. '정말 그렇군요.'

두 주일 후에 박사는 떠났습니다. 자신의 소년 시절은 어딘가 다른 곳에서 찾지 않으면 안 된다고 갑자기 깨달았던 것입니다. 그는 뮌헨 주소록에서 클라라 쬘너, 슈바빙 구 몇 가 몇 번지를 찾아냈습니다. 그가 미리 연락을 하고 찾아가니, 한 가냘픈 부인이 밝고 호의로 가득 찬 방으로 그를 맞이했습니다.

'게오르크, 그래도 저를 기억하고 계시는군요.'

박사는 깜짝 놀라서 간신히 말했습니다. '역시 당신이군, 클라라.' 그녀는 자기를 기억해낼 수 있는 여유를 주기라도 하는 듯 맑은 이마를 가진 조용한 얼굴을 오랫동안 움직이지 않았습니다. 마침내 박사는 옛날의 소꿉동무가 정말 눈앞에 서 있다는 어떤 증거를 발견한 것 같았습니다. 다시 한 번 그녀의 손을 잡고 악수를 하고 나서, 천천히 그 손을 놓고 방 안을 둘러보았습니다. 불필요한 것은 하나도 없어 보였습니다. 창가 책상에는 서류와 책이 놓여 있었습니다. 클라라가 방금 거기에 앉아 있었음에 틀림이 없었습니다. 의자가 아직도 뒤로 밀린 채로 있었습니다. '무엇을 쓰고 있었군요……' 정말 바보 같은 것을 물었다고 생각했습니다. 그러나 클라라는 아무 거리낌 없이 대답했습니다. '네, 번역을 하고 있었어요.' '출판하려고?' '네, 어느 출판사에서 부탁을 받았어요'라고 클라라는 간단히 대답했습니다. 벽에 걸려 있는 이탈리아 사진 복사판 몇 장이 게오르크의 눈에 띄었습니다. 그중 조르조네의 〈연주회〉가 있었습니다. '이 그림을 좋아합니까?'라고 말하며 그 그림 앞으로 다가갔습니다. '당신은?' '나는 아직 원화를 본 일이 없습니다. 피렌체에 있지요?' '그곳의 피티 미술관에 있어요. 꼭 한번 가보세요.' '이 그림을 보러요?' '네, 그래요.' 그녀의 표정에는 자유롭고 구김살 없는 드맑은 기색이 감돌았습니다. 박사는 생각에 잠긴 듯이 시선을 들었습니다.

'왜 그래요, 게오르크. 앉지 않으시겠어요?' '나는 슬퍼요'라고 그는 어물거렸습니다. '나는 그렇게 생각하고 있었는데, 당신은 조금도 비참하지가 않군요.' 느닷없이 이렇게 말하고 말았습니다. 클라라는 방긋 웃었습니다. '제 이야기를 들으셨군요?' '그래요. 말하자면……' 박사의 얼굴이 어둡게 흐려지는 것을 깨닫자 클라라는 재빨리 그의 말을 가로막았습니다. '모든 사람이 틀린 소리를 해도, 그것은 그 사람들의 죄가 아니에요. 우리가 체험하는 것에는 말로써 표현할 수 없는 것이 있어요. 그런데도 어떻게든지 말을 하려고 하면 결국은 잘못을 저지르게 됩니다……' 잠깐 사이를 두고 박사가 말했습니다. '어떻게 그토록 상냥할 수가 있나요?' '모든 것에 의해서'라고 그녀는 나직한 목소리로 따뜻하게 대답했습니다. '그런데 왜 상냥하다는 말씀을 하세요?' '그것은 말이에요…… 당신은 본래 매정했어야만 하지 않을까요. 당신은 의지할 곳 없는 병약한 아이였습니다. 그러한 아이는 나중에 매정해지거나 그렇지 않으면……' '그렇지 않으면 죽는다…… 라고 말씀하려고 하셨죠? 정말 나도 죽었더랬습니다. 그래요, 몇 년이고 죽어 있었어요. 당신을 마지막으로 집에서 만난 후로는……' 그녀는 책상에서 무엇인가를 집어 들고 왔습니다. '보세요, 남편의 사진이에요. 실물보다 약간 잘 찍혔어요. 실물은 이렇게 산뜻하지 않아요. 하지만…… 이보다는 귀엽고 단순하답니다. 지금 곧 우리 아이를 보여드릴게요. 지금 옆방에서 자고 있어요. 사내아이랍니다. 남편과 마찬가지로 안젤로라는 이름입니다. 남편은 지금 멀리 여행을 떠났습니다.' '그럼 지금 혼자군요?'라고 여전히 그 복사판 사진에서 눈을 떼지 않은 채 박사는 무심코 물었습니다.

'그래요, 저하고 아이뿐입니다. 그것으로 충분하지 않을까요? 왜 그렇게 되었는가를 말씀드리지요. 안젤로는 화가입니다. 이름이 별로 알려져 있지 않습니다. 들으신 적이 없겠지요. 최근까지 그이는 세상과 자신의 계획과 자기 자신과, 그리고 저와 격투를 하고 있었습니다. 그래요, 저하고도. 제가 1년 전부터 꼭 여행을 하라고 권했으니까요. 그것이 그이에게 얼마나 중요한가를 저는 알고 있었습니다. 어느 날 농담조로 자신과 아이 중에서 누구를 택하겠느냐고 묻기에 아이를 택하겠다고 대답했더니, 그이는 여행을 떠났어요.'

'그러면 언제 돌아오십니까?'

'아이가 그이의 이름을 말할 수 있을 때까지라고 정했어요.' 박사가 무슨 말을 하려고 하는데 클라라가 웃으면서 말했습니다. '그런데 어려운 이름이니까 좀 더 걸리겠지요. 안젤로는 이번 여름에 겨우 두 살이 됩니다.'

'드문 일이군요.'라고 박사는 말했습니다. '뭐가요?' '당신은 정말 인생을 잘 이해하고 있어요. 당신은 정말 성숙했고, 정말 젊

습니다. 유년 시절은 어디다 두고 왔을까요? …… 둘 다 그렇게
도 의지할 곳 없는 아이들이었는데. 그것만은 어쩔 수 없는 사실
입니다.' '그렇다면 우리의 유년 시절을 위하여 마땅히 괴로워했
어야 한다는 말씀입니까?' '네, 그렇습니다. 바로 그렇게 말할 생
각이었습니다. 실로 연약한, 실로 희미한 관계를 유지하고 있는
우리 배후의 이 짙은 어둠을 위해서입니다. 어느 시기가 오면 우
리 모든 것의 첫 번째 것을, 즉 모든 시작과 모든 신뢰, 아마도 성
장하게 될 모든 것의 싹을 거기에다 맡길 겁니다. 그런데 문득 깨
닫고 보니 그런 모든 것이 바다 속에 가라앉아버렸습니다. 그것
이 언제 가라앉았는지도 분명치가 않습니다. 우리는 그것을 전
혀 모르고 있었습니다. 마치 누군가가 가지고 있는 돈을 몽땅 털
어 새 깃을 사가지고 모자에 꽂으려고 하니 살짝 바람이 불어와
서 그것을 가져다 버리는 것과 같습니다. 물론 깃 없이도 집에는
돌아오게 됩니다만, 도대체 언제 날려 보냈을까, 하고 생각에 잠
길 수밖에 도리가 없겠지요.'

'그런 것을 생각하고 계세요, 게오르크?'

'이젠 생각하지 않습니다. 그만두었습니다. 지금의 내 생활은
내가 기도하는 것을 그만둔 열 살 무렵부터 시작되었습니다. 그
이전 것은 나의 생활이 아닙니다.'

'그렇다면 어떻게 저를 생각해냈나요?'

'그렇기 때문에 찾아온 것입니다. 당신이 그 시절의 유일한 증

인이니까요. 당신에게서…… 나에게서는 찾아낼 수 없는 것을 다시 찾아낼 수 있었으면 했습니다. 몸짓이나 한마디 말이라든가, 어떤 의미가 있는 이름이라든가…… 어떤 해명에 대한 실마리를…….' 박사는 차가운 두 손에 얼굴을 묻었습니다.

클라라 부인은 깊이 생각해보았습니다. '어린 시절의 일은 거의 기억하고 있지 않아요. 너무나 많은 생활이 그 사이에 끼어들어 왔으니까. 그러나 지금, 당신의 말을 듣고 보니 조금은 생각이 납니다. 어느 날 밤 당신이 갑자기 오셨어요. 당신의 부모님이 극장인가 어딘가를 가셨다고 하면서. 우리 집은 온통 밝았어요. 손님이 오신다고 해서 아버지가 기다리고 계셨거든요. 친척 되는 사람, 제 기억이 틀리지 않는다면 먼 곳에 사는 돈 많은 친척이었을 거예요. 어떻든 그 사람이 오게 되어 있었어요. 어디에서 오는지는 몰랐어요. 어쨌든 먼 곳에서 오는 거예요. 그럭저럭 두 시간이나 기다리고 있었어요. 문은 모두 활짝 열려 있었고, 램프도 켜져 있었지요. 어머니는 때때로 소파 커버의 구김살을 펴고, 아버지는 창가에 서 있었습니다. 의자가 비뚤어질까봐 아무도 앉는 사람이 없었지요. 바로 그때 당신이 와서 우리와 함께 기다렸지요. 우리 애들은 현관 옆에서 귀를 기울이고는, 늦어지면 늦어질수록 훌륭한 손님이 오실 것이라고 생각했어요. 그래요. 우리는 오들오들 떨기까지 했지요. 그 사람이 오지 않는 시시각각마다 그 사람의 훌륭함이 더해갔는데, 그것이 절정에 이르기 전에 그 사람이 도착하지 않을까 하고 마음을 졸이고 있었어요. 그러나 그 사람이 애당초 오지 않으리라는 걱정은 조금도 하지 않았습니다. 그 사람이 꼭 온다는 것을 알고 있었어요. 그러나 그 사람이 더 크고 훌륭해질 수 있는 시간을 남겨두고 싶었던 거예요.'

갑자기 박사는 머리를 들고 슬픈 듯이 말했습니다. '그렇다면 우리 둘 다 기억하고 있군요, 그 사람이 오지 않았다는 것을…….나도 그것을 잊은 적이 없었습니다.' '그랬어요'라고 클라라는 그의 말을 인정하고 나서 말했습니다. '그 사람은 오지 않았습니다.' 그리고 잠시 후에 말을 이었습니다. '그러나 아주 즐거웠어요.' '무엇이?' '그것은…… 기다린다는 것, 그리고 많은 램프 불…… 정적…… 축제일 같은 기분이.'

옆방에서 무엇인가 꼼작거리는 기척이 있었습니다. 클라라 부인은 잠깐 실례한다면서 자리를 떴다가 환하게 밝은 얼굴로 돌아와서 말했습니다. '자, 이제 들어갈까요. 아이가 지금 깨어나서 웃고 있어요……. 그런데 무슨 말씀을 하시던 중이던가요?'

'나는 지금 곰곰 생각해보았습니다. 무엇이 당신을 도와서…… 자기 자신에, 이 차분한 자기 소유에 이를 수가 있었는가 하고. 분명히 당신의 인생은 그것을 쉽게 이루어주지 않았습니다. 나에게는 없는 그 무엇이 분명히 당신을 도운 것일까요?' '그렇다면 무엇일까요, 게오르크?' 클라라는 박사 곁에 앉았습니다.

'정말 이상합니다. 3주 전의 어느 밤 여행을 하면서 당신을 처음으로 생각했을 때와 당신을 만나본 지금, 당신은 예상했던 바와 전혀 다른데도 불구하고, 아니 오히려 그렇기 때문에 점점 확실하게 느껴진다고 해도 좋을 것입니다. 그때 당신은 경건한 아이였다고 문득 생각했습니다. 그리고 모든 위험의 한가운데를 거치며 당신을 인도해온 것은 당신의…… 당신의 경건이었다는 것을.'

'어떤 것을 경건이라고 하지요?'

'당신의 하느님과의 관계, 하느님에 대한 사랑, 당신의 신앙을 말합니다.'

클라라 부인은 눈을 감았습니다. '하느님에 대한 사랑? 잠깐 생각하게 해주세요.' 박사는 긴장한 가운데 지켜보았습니다. 그녀는 생각이 떠오르는 대로 천천히 이야기하고 있는 것 같았습니다. '어렸을 때…… 그 무렵에 제가 하느님을 사랑했을까요? 그렇게는 생각되지 않습니다. 전혀 기억이 없으니까요……. 정말 미친 듯한 오만처럼…… 이 말이 부적절한지 모르겠지만…… 아니, 하느님이 존재한다고 생각되는 것이 최대의 죄악처럼 생각되었겠지요. 그렇다면 이 기다란 팔을 가진 연약한 어린아이였던 나 자신 속에, 그리고 종이로 만든 브론즈 벽걸이 접시에서 값비싼 레테르를 붙인 포도주 병에 이르기까지 모두가 다 가짜요 거짓말이었던 우리의 불쌍한 집안에 하느님을 억지로 존재시키는 것과 같습니다. 그리고 자라난 후에는⋯⋯.' 클라라 부인은 손으로 무엇을 밀어내는 듯한 몸짓을 했습니다. 그러고는 더욱 굳게 눈을 감았습니다. 눈꺼풀 사이로 어떤 무서운 것을 보기가 두려운 듯. '그 무렵에 하느님이 제 몸속에 깃들어 있었다면, 저는 하느님을 밀쳐내야만 했겠지요. 그러나 하느님에 대해서는 아무것도 몰랐습니다. 완전히 하느님을 잊어버리고 있었던 것입니다⋯⋯. 피렌체에서 비로소 제가 난생처음으로 보고, 듣고, 느끼고, 깨닫고, 동시에 그 모든 것에 감사하는 것을 배웠을 때, 그때 저는 다시 하느님을 생각하게 되었습니다. 가는 곳마다 하느님의 흔적이 있었습니다. 모든 그림에서 하느님의 미소의 그림자를 알아보았고, 종소리에는 하느님의 목소리의 여운이 남아 있었습니다. 그리고 조각에는 하느님의 손이 새긴 흔적이 있었습니다.'

'그때 하느님을 발견하셨군요.'

클라라는 커다란 행복스러운 눈으로 박사를 쳐다보았습니다. '하느님이 존재했다는 것을 느꼈습니다⋯⋯. 그 이상 느낄 필요가 없었습니다. 그것만으로도 이미 충분했으니까요.'

박사는 일어서서 창가로 갔습니다. 바깥의 일부와 작고 오래된 슈바빙의 교회가 보이고, 그 위로 벌써 저녁놀이 지고 있는 하늘이 보였습니다. 뒤도 돌아보지 않은 채 갑자기 라스만 박사가 물었습니다. '그래서 지금은?' 대답이 없자, 조용히 되돌아왔습니다.

'지금은…….' 클라라는 박사가 바로 앞에 섰을 때, 망설였습니다. '지금은 이따금 생각해요. 하느님은 존재하고 있을지도 모른다고요.'

박사는 그녀의 손을 잡고 한참 동안 쥐고 있었습니다.

그는 멍하니 앞을 보고 있었습니다.

'무슨 생각을 하시나요, 게오르크?'

'그날 밤과 똑같다고 생각하고 있습니다. 당신은 지금도 그 훌륭한 사람을, 하느님을 기다리고 있습니다. 더구나 하느님이 반드시 온다는 것을 확신하고 있습니다……. 그리고 우연히 내가 또 와 있고…….'

클라라 부인은 명랑하게 사뿐히 일어섰습니다. 아주 젊어 보였습니다. '그럼 이번에도 정말 기다려보아요.' 어찌나 기쁜 듯이 슬쩍 말했는지 박사도 무심코 미소를 지었습니다. 이렇게 클라라는 옆방의 아이에게로 박사를 데리고 갔습니다……."

이 이야기에 아이들이 알아서 안 될 것은 하나도 없다. 그런데도 아이들은 이 이야기를 듣지 못했다. 나는 이것을 어둠 말고는 그 누구에게도 이야기하지 않았기 때문이다. 더구나 어린아이들은 어둠을 두려워하고 어둠으로부터 도망친다. 그리고 어둠 속에 있지 않으면 안 될 때에는 눈을 꼭 감고 귀를 막아버린다. 그러나 어린아이들도 언젠가는 어둠을 사랑할 때가 올 것이다. 그리하여 어둠 속에서 이 이야기를 들을 것이고, 그때에는 이 이야기를 더욱 잘 이해할 수 있을 것이다.

작품 해설

근대 언어예술의 거장

I. 릴케의 생애와 문학

라이너 마리아 릴케(Rainer Maria Rilke)는 1875년 12월 4일에 프라하에서 태어났다. 당시 프라하는 독일령 뵈멘(보헤미아)의 수도였다. 아버지는 요셉 릴케, 어머니는 소피 혹은 소피아라고 했다. 아버지는 군인이었으나 병으로 퇴역한 후 철도 회사에 근무하며 일생을 보낸 수수한 성품이었다. 어머니는 제국 평의원(帝國評議員)이라는 직함을 가진 엔츠 가(家) 출신으로 사치스럽고 향락적인 사람이었다. 릴케는 아버지의 수수한 성품을 사랑하고 어머니의 경박한 성격을 미워했다. 그의 부모는 성격의 본질적인 차이 때문에 1884년에 이혼했다. 릴케가 아홉 살 되던 해이다. 그는 일곱 달 만에 태어났으므로 원래 연약한 체질이었다. 그러나 아버지의 뜻에 따라 열한 살이던 1886년 9월 장크트 푈텐의 육군유년학교에 입학했다. 1890년 9월에 메리시 바이스키르헨의 육군사관학교로 진학했으나, 이듬해 6월에 퇴학했다. 군사학교의 집단적이고 획일적인 교육이 릴케의 성격에 전혀 맞지 않았기 때문이다. 군사학교를 퇴학한 그해 9월에 도나우 강변에 있는 린츠의 상업전문학교에 입학했으나, 연애 사건으로 이듬해 5월에 퇴학당하고 말았다. 그의 문필 활동은 이 무렵부터 시작되었다. 그 후 백부의 도움으로 고등학교 과정을 개인 교습으로 마치고, 1895년에 프라하 대학에 입학을 할 수 있었다. 여기에서 미술사, 문학사, 역사, 철학 등의 강의를 들었다.

1894년에 처녀 시집《인생과 노래》를 출간했다. 오스트리아 포병 장교의 딸 발레리 폰 다비트 론펠트와의 연애 과정에서 나온 시편들이다. 그녀는 릴케보다 나이가 많았으며 예술가적이고 첨단적(尖端的)인 여성이었다. 릴케는 이내 그녀의 매력에 사로잡혀 많은 시를 바쳤다. 구절마다 아름다운 사랑의 말로 메워진 연애시이다. 이후 릴케는 이들 시편을 몹시 부끄럽게 여기고, 어느 작품집에도 다시는 수록하지 않았다.

1896년 9월에 뮌헨으로 옮겨 가서 뮌헨 대학에 적(籍)을 두었다. 당시 뮌헨은 남부 독일 문단의 중심지였다. 그는 처음으로 대도시의 공기에 젖었고, 문단과도 접촉할 수 있었다. 숄츠와 바서만을 알게 되고, 데틀레프 폰 릴리엔크론이나 리하르트 데멜 같은 선배 시인도 알게 되었다. 이해에 두 번째 시집《가신에게 바치는 제물들》과 시문집(詩文集)《베에크바르텐》등이 나왔다.

릴케는 1897년 5월 뮌헨에서 그의 생애에 중대한 영향을 끼친 루 안드레아스 살로메 부인을 만났다. 한때 니체의 애인으로도 유명했던 여인이다. 당시 릴케와 열렬한 연애 관계에 있었다는 것을, 루는 사후에 발표된《생애의 회고》에서 명백히 밝히고 있다. 그 관계가 청산된 뒤에도 그녀는 평생 동안 릴케가 정신적으로 의지한 친구였다.

청년 시절의 두 번에 걸친 러시아 여행은 그를 개성적 시인으로 성장하게 했다. 첫 번째는 1899년 4월 말에서 6월 중순까지, 두 번째는 1900년 5월 초에서 8월 말까지였다. 첫 번째 여행 때는 루 부부가, 두 번째 여행 때는 루가 동행했다. 그는 두 번의 여행에서 모두 톨스토이를 만날 수 있었다. 그는 러시아의 자연, 풍물, 인간 가운데 무한한 예감을 느끼고, 그가 추구하는 신(神)을 느꼈다. 동시에 시인으로서도 모방 시대를 탈피하고 개성적인 길을 걷게 되었다. 이 무렵을 전후하여 시집《나의 축제에》와 소설집《하느님 이야기》를 발표했다. 또한 러시아 체험을 기초로 한《기도시집》의 1부〈수도 생활의 서(書)〉를 탈고했다.《나의 축제에》는 프라하의 풍물시(風物詩)에서 출발한 그 이전의 모방 시대를 마무리하는 것으로서 시인의 기본 감정이 자연 속에 표출되어 있다. 그것이〈수도 생활의 서〉에서 강렬하게 개성적 비약을 이룬 것이다. 여기에는 러시아 체험으로 깊이 배양된 신의 추구가 노래되어 있으며,《하느님 이야기》는 그 동화적인 뒷받침이 되고 있다.

두 번째 러시아 여행에서 돌아온 후, 그는 북부 독일의 화가촌 보르프스베데를 방문했다. 그곳에는 친구인 청년 화가 하인리히 포겔러가 있었다. 그곳에서 한 달 남짓 지낸 생활은 다감한 청년에게 많은 수확을 안겨주었다. 그는 그곳에서 여류 화가 파울라 베커와 여류 조각가 클라라 베스트호프를 알게 되었다. 이듬해인 1901년에 클라라 베스트호프와 결혼하여 보르프스베데의 이웃 마을인 베스터베데에 새살림을 차렸다.

결혼 직후《기도시집》의 2부 〈순례의 서〉와《형상시집(形象詩集)》을 썼다. 〈순례의 서〉에서는 러시아에서 얻은 체험이, 베스터베데 생활의 조용한 응시와 더불어 한없이 내부의 깊이를 추구해가는 모습으로 그려져 있다.《형상시집》에서는 나중에 나온《신시집(新詩集)》의 선구가 되는 요소를 느낄 수 있다.

아내 클라라는 로댕의 제자였다. 이 무렵 릴케는 로댕의 〈물(物)의 구성〉에 강한 흥미를 느끼고 있었다. 그는 로댕과 직접 만남으로써 로댕 예술의 신비를 알아내려고 했다. 움직일 수 없는 물(物) 자체의 모습을 정시하려고 했다. 때마침 의뢰된《로댕론(論)》을 쓰기 위하여 그는 홀로 파리로 갔다. 1902년 9월 1일, 그는 처음으로 로댕을 방문했다. 이후 로댕의 예술에 심취하여 중기의 창작에 압도적 영향을 받았다. 한때 로댕의 비서로서 로 댕의 집에 함께 기거한 적도 있었다. 그는 로댕에게서 받은 영향을 다음과 같이 말하고 있다. "러시아는 어느 의미에서 나의 체험과 수용의 근저가 되었다. 이와 마찬가지로 1902년부터 시작된 파리, 저 이를 데 없는 파리는…… 내 구성 의욕의 기조가 되었다. 그것은 로댕의 위대한 영향에 의한 것이었다. 그는 천박한 서정성과 활발하기는 하지만 발전이 없는 감정에서 생기는 값싼 개연성을 내게서 제거하는 것을 도와주었다. 그것은 마치 화가나 조각가처럼 철저하게 자연을 이해하고 그것을 재창조하며 자연에 직면하여 작업하는 것을 의무로 하는 가르침에 대한 것이다." 《신시집》, 《신시집 별권(別卷)》, 《말테의 수기》 등 그의 중기 작품은 모두 로댕에게 강력한 영향을 받고 있다. 그리고 파리에 온 이듬해 이탈리아의 비아레조에서 《기도시집》의 3부 〈빈곤과 죽음의 서〉를 완성했다.

《신시집》과 《신시집 별권》은 중기 릴케의 대표적 시집이다. 이 두 시집은 경향적으로나 형식적으로나 완전히 같은 것이다. 젊을 때의 서정시가 감상적 감정으로 흐르고 있는 데 비하여, 이들 시는 객관적 시라고 말할 수 있을 만큼 주관적 서정이 후퇴한 표현을 보이고 있다. 동식물원의 인상, 거리의 인상, 여행, 옛 사원, 그리스 신화의 많은 소재, 신·구약성서의 자료, 옛 조각에 대한 감개 등 하나같이 객관적 수법에 따른 묘사가 전면에 강하게 나타나 있다. 물론 거기에는 시인의 강렬한 서정이 내재되어 있다. 이들 작품 중에서 뛰어난 것은 애정을 억제하면서도 내적 구성의 복잡한 배음(倍音)에 성공하고 있지만, 소재와 표리의 조응(照應)이 결여된 것도 있다. 그러나 이들 중기의 시작품은 만년의 거작《두이노의 비가(悲歌)》에서 나타나는 표현의 배경이 되었다.

《말테의 수기(手記)》는 그의 유일한 장편소설이라는 점에서, 그리고 그 내용이 특이하다는 점에서 커다란 의미를 가지는 작품이다. 그는 1904년 2월 8일 로마에서 이 작품에 착수하여 1910년 1월 27일 라이프치히에서 탈고할 때까지 만 6년 동안 심혈을 기울였다. 이 소설에는 줄거리의 전개가 없고, 제목 그대로 주인공 말테의 수기를 모은 것이다. 여기에는 사랑, 죽음, 병과 불안, 고독, 신의 문제 등 시인이 진지하게 대결할 여러 문제가 내면적인 풍요와 조각적인 수법으로 섬세하게 그려져 있다. 죽음과 병을 다루고 있지만 퇴폐적이 아닌 드맑은 눈으로 현상(現象)의 근저를 바라보고 있다.

《말테의 수기》를 단락으로 하여, 그의 생활은 연가(戀歌)의 세계로 옮겨 갔다.《말테의 수기》가 완성될 무렵, 그는 친구 루돌프 카스너의 소개로 마리 폰 투른 운트 탁시스 호엔로에 후작 부인을 알게 되었다. 그녀는 유럽의 명문 호엔로에 가(家) 출신이었다. 릴케에게는 어머니와도 같은 이 부인은, 드물게 보는 성품이고귀하고 교양이 높은 사람이었다. 이 시인의 만년은 후작 부인의 정신적·물질적 도움에 힘입은 바 크다.

1910년 2월 말, 릴케는 북아프리카로 여행을 떠났다. 4개월에 걸친 여행이었다. 이집트에서의 체험은 시인의 시야를 확대하고, 나중에《두이노의 비가》의 소재로서 그의 정신 영토에 되살아났다.

1912년 1월, 탁시스 후작 부인의 초청으로 두이노 성(城)을 방문한 릴케는 갑자기 하나의 시상이 떠올랐다. 지금까지와는 전혀 다른 발상이었다. 이때 이 성에서 제1, 제2 비가가 단숨에 완성되고 제10 비가의 일부가 쓰였다.《두이노의 비가》를 향한 새로운 걸음이 시작된 것이다. 이해 2월 초순부터 다음 해인 1913년 2월까지 릴케는 스페인을 여행했다. 그레코의 그림에서 강한 감명을 받은 것이 이 여행의 동기였다. 스페인 여행에서 릴케는《두이노의 비가》에 대한 많은 시상을 얻었다. 이 여행 중에 제6, 제9 비가의 일부, 그 밖에 여러 편의 시와 산문을 얻었다. 그 후 파리에서 제6 비가를 완성하고, 제10 비가를 계속하고 있었으나, 1914년 7월 말에 발발한 제1차 세계대전 때문에 그 완성이 늦어지고 말았다.

1914년 1월 말, 당시 파리에 있던 릴케는 미지의 여성에게서 열렬한 편지를 받았다. 이 편지를 계기로 그들은 서로 사랑하게 되었다. 릴케가 벤베누타라고 부르던 이 여인은 여류 피아니스트 마그다 폰 하팅베르크였다. 6개월 후에 두 사람의 공존 생활에서 오는 위험성을 예언한 벤베누타의 제의로 그들은 헤어졌다.

세계대전은 릴케에게 한없는 심신의 피로를 주었다. 1916년 1월, 릴케는 오스트리아 육군에 복무하게 되었다. 몸이 허약한 그는 말로 다 할 수 없는 고통을 겪어야 했다. 친구들의 열성적인 운동으로 그해 6월에 제대할 수 있었다. 그는 전쟁 중 여류 화가 루 알베르 라자르 부인을 알게 되어 크게 위안을 받았다. 또 전쟁 중에 그가 파리에 남겨두고 온 재산이 적성재산(敵性財産)으로 지목되어 경매당하고 말았다. 그러나 슈테판 츠바이크, 로맹 롤랑, 앙드레 지드 등의 노력으로 그중 소수를 구해낼 수 있었다. 1919년 6월 11일 스위스에서 하는 강연을 의뢰받고 그는 뮌헨을 떠나 취리히로 향했다. 처음부터 스위스에 영주할 생각은 아니었으나, 그 후 다시 독일로 돌아가지 않았다.

1920년 11월 이르헬의 베르크 성(城)에 주거를 정했다. 여기에서 전쟁 때문에 오랫동안 단절되어 있던 창작의 실마리를 비로소 풀 수가 있었다.《C. W. 백작의 유고에서》라는 일련의 시작품을 얻었다. 다음 해인 1921년 7월에 발리스 지방에서 뮈조트 성城을 발견, 이윽고 이곳에 살게 되었다. 뮈조트 성은 13세기에 세워진 옛 건물로서, 전등도 수도도 없는 고원 속에 있는 고탑(孤塔)이었다. 1922년 2월, 가정부 한 사람과 함께 살고 있는 이 오랫동안 단절된 생활 속에서,《두이노의 비가》의 시상이 폭

풍처럼 시인을 엄습해왔다. 이때 제7, 제8, 제5 비가가 일시에 완성되고 단편으로 남아 있던 다른 미완의 비가들도 완성되었다. 그뿐만 아니라 전혀 예기치 않던 《오르페우스에게 바치는 소네트》 55편도 단숨에 쏟아져 나왔다. 그는 시인의 사명을 다한 것 같은 기쁨을 느꼈다. 이 열 편의 비가에 릴케의 가장 근본적인 사상이 전개되어 있다. 무상·사랑·죽음·인간 내부의 황폐, 인간의 운명, 영웅 찬양, 삶의 송가, '열려진 세계' 인간 존재의 사명, '세계 공간에의 진입' 등. 이것들이 격조 높은 독일어로 독자에게 독특한 감명을 준다. 《오르페우스에게 바치는 소네트》는 우연히 쏟아져 나온 산물이지만, 심원한 시상과 갖가지 추억이 싱싱한 소네트로 노래되어 있다.

《두이노의 비가》와 《오르페우스에게 바치는 소네트》를 끝낸 릴케는 20세기의 지성, 프랑스의 시인 폴 발레리에게 존경과 공감을 느끼고 그의 작품을 번역하는 데 몰두했다. 그리고 조심스럽게 프랑스어로 시작을 시도했다. 이들 시는 발레리의 찬양과 격려에 힘입어 프랑스 잡지에 발표되었다. 《과수원》, 《장미》, 《창(窓)》 등은 프랑스어 시집이다.

발라디네 클로소브스카 부인과의 만년의 사랑은 그에게 밝은 위안을 주었지만, 창작과 사랑 사이의 갈등에서 많은 고난도 겪지 않을 수 없었다. 그는 스위스에서 베르너 라인하르트, 분덜리 폴카르트 부인 같은 귀중한 친구를 얻었다. 스위스의 생활이 해마다 점점 풍족해진 것은 이들 우정에 힘입은 바가 크다. 1925년 1월부터 8월까지 그는 추억의 파리를 다시 찾았다. 지드, 발레리 등 많은 옛 친구를 만나고 또 새로운 친구도 얻을 수 있었다. 이때 파리에 머물며 그는 모리스 베츠의《말테의 수기》불역(佛譯)을 도왔다.

1926년 10월 초순, 뮈조트 성의 정원에서 장미를 꺾다가 왼쪽 손가락에 가시가 박혔는데, 그것이 화농하여 백혈병 증세를 나타냈다. 마음과 정신이 모두 지친 그는 이 병을 이겨낼 수가 없었다. 그리하여 1926년 12월 29일 오전 5시, 그는 발몽 요양소에서 51년의 생애를 마쳤다. 그의 유해는 유언에 따라 라롱의 묘지에 묻혔다.

II. 작품 해설

《사랑하는 하느님 이야기》는 릴케가 첫 번째 러시아 여행에서 얻은 수확이다. 13편의 단편으로 이루어져 있으나, 그 하나하나가 하느님이라는 하나의 실로 연결되어 있으며, 곳곳에 하느님이 나타난다. 그런 의미에서 그의《기도시집》의 그것과 상응하고, 하느님은 어디까지나 이 지상의 사물들에 내재하므로 이윽고 그 사물들 속에서 날이 새듯이 피어오른다고 생각하는 범신적 사상이 그 근저를 이룬다는 데 그 특징이 있다.

이 책은 1899년 11월 10일에서 20일 사이에 단숨에 쓰인 것으로, 서술은 일종의 동화 형식을 취하고 있어서 평이하고 소박하다.

이 책은 어렵게 생각할 필요가 없다. 읽은 그대로 신의 편재(遍在)를 감수(感受)하기만 하면 된다.

송영택

R. M. 릴케 연보

1875년   12월 4일, 보헤미아의 옛 수도 프라하에서 출생.

1886년(11세)   부친의 희망으로 장크트 푈텐의 육군유년학교 입학.

1890년(15세)   육군유년학교 졸업 후 메리시 바이스키르헨의 육군사관학
              교 진학.

1891년(16세)   신체 허약으로 육군사관학교 중퇴. 9월, 린츠의 상업전문학
              교 입학.

1892년(17세)   상업전문학교 중퇴. 프라하로 돌아가 다시 고등학교 졸업
              시험을 치르고 프라하 대학 재적在籍.

1894년(19세)   시집《인생과 노래》출간.

1896년(21세)   프라하를 떠나 뮌헨 대학 전학. 시집《가신에게 바치는 제물
              들》,《꿈의 관을 쓰고》출간.

1897년(22세)   시집《강림절》출간.

1899년(24세)   첫 번째 러시아 여행.《기도시집》1부〈수도 생활의 서書〉집
              필.

1900년(25세)   두 번째 러시아 여행. 시집《나의 축제에》출간.

1901년(26세)   《기도시집》2부〈순례의 서〉집필. 러시아 여행에서 돌아와

독일의 화가촌 보르프스베데에서 생활. 클라라 베스트호프와 결혼.

1902년(27세) 로댕을 찾아서 파리행.

1903년(28세) 《기도시집》3부〈빈곤과 죽음의 서〉집필.

1904년(29세) 《사랑하는 하느님 이야기》출간.

1905년(30세) 《기도시집》1, 2, 3부를 합본해 출간.

1907년(32세) 《신시집》1부,《로댕론》집필.

1909년(34세) 《신시집》2부 완성하여 합본해 출간.

1910년(35세) 《말테의 수기》출간.

1914년(39세) 독일 여행 중 1차 세계대전으로 1915년 입대, 지인들의 주선으로 1916년 제대. 뮌헨에서 칩거 생활.《시집》출간.

1919년(44세) 대전이 끝나자 스위스 여행.

1921년(46세) 뮈조트 성으로 들어가 죽을 때까지 이곳에서 고독한 생활을 함.

1923년(48세) 10년 전 두이노의 성에서 시작한《두이노의 비가》,《오르페우스에게 바치는 소네트》탈고.

1926년(51세) 12월 29일, 패혈증으로 사망.

옮긴이 **송영택**

서울대학교 문리과대학 독문과를 졸업하고
서울대학교 강사로 재직했으며, 시인으로 활동하면서
한국문인협회 사무국장과 이사를 역임했다.
저서로는 시집《너와 나의 목숨을 위하여》가 있고,
번역서로는 괴테《젊은 베르테르의 슬픔》,《괴테 시집》,
릴케《말테의 수기》,《어느 시인의 고백》,《릴케 시집》,《릴케 후기 시집》,
헤세《데미안》,《수레바퀴 아래서》,《헤르만 헤세 시집》,
힐티《잠 못 이루는 밤을 위하여》, 레마르크《개선문》등이 있다.

사랑하는 하느님 이야기

1판 1쇄 발행 2018년 3월 30일

지은이 라이너 마리아 릴케 │ 옮긴이 송영택
펴낸곳 (주)문예출판사 │ 펴낸이 전준배
출판등록 1966. 12. 2. 제1-134호
주소 03992 서울시 마포구 월드컵북로 6길 30
전화 393-5681 │ 팩스 393-5685
홈페이지 www.moonye.com │ 블로그 blog.naver.com/imoonye
페이스북 www.facebook.com/moonyepublishing │ 이메일 info@moonye.com

ISBN 978-89-310-1084-8 03850

■ 문예 세계문학선

★ 서울대, 연세대, 고려대 필독 권장도서　　▲ 미국 대학위원회 추천도서
● 《타임》 선정 현대 100대 영문 소설　　▽ 《뉴스위크》 선정 세계 100대 명저

(뒷면 계속)